王女殿下の護衛猫（偽）につき
あなたに正体は明かせません

小田ヒロ
Hiro Oda Presents

fairy kiss

この作品はフィクションです。
実際の人物・団体・事件などに一切関係ありません。

王女殿下の護衛猫（偽）につき、
あなたに正体は明かせません

序章

「ふふっ、私のミイは今日も一番可愛《かわい》いね。でも、前から思っていたんだけど、猫にしてはちょっとがっしりしているような……どことなく風格もあるし……」

この姿は猫である。誰がなんと言おうと猫である。

◇◇◇

我がアボット一族は、チェスター王国の伯爵領を賜る貴族だ。領地は王都から馬車なら一週間の山間にある果物の産地で、ワインの生産も少々。華やかさとは無縁の埋没した貴族である。

しかし、その裏で、王家との密約を有する一族だ。

この世界にはあまたの魔法があり、それは生活に護身にあらゆる場面で利用されている。その中で、なぜか遺伝でしか能力を得ることのできない魔法が秘密裏に伝承され続けている。それを血統魔法という。

我が一族は、その血統魔法の稀《まれ》なる特色ゆえに、国王一家の護衛を任じられているのだ。

アボット一族の血統魔法……それは変身魔法だ。見たことのある動物に変身し、その能力を自在に使用することができる。

領地の牧場には、王家が手に入れることができる動物全てが放牧されており、アボット家に生まれた人間はその全ての動物に変身し、変身後の姿をどのくらい持続できるか？　その姿で攻撃系魔法なども行使できるか何度も繰り返し、自分に最も適した動物への変化を探していく。

つまり、動物の姿で王族を陰ながら守るのだ。

それは、誰にも警戒されずどこに潜入しても見咎《みとが》められない、敵を油断させられるというメリットがあるが、デメリットもある。

動物に変身した我々は、基本丸腰だ。盾も鎧《よろい》もなく、剣も槍《やり》も持てない。

だから、変身魔法を極める前段階として、一通りの防御、攻撃魔法も身につけておかなければ、使える人材とならない。

というわけで、王都から離れた領地で、王家の招集に備えて地味に、泥臭く体と魔法を鍛えまくっているのが、我がアボット伯爵家なのだ。

アボット伯爵家の末子、十六歳の青春まっただなかである私、ミア・アボットは、深夜闇に紛れて領地の伯爵邸に帰ってきた久しぶりに会った父、アボット伯爵に父の書斎のソファーで向かい合い、文句を言う。

「父様、どう考えてもうちの家業は貧乏くじだと思います。宮廷魔法師並みに魔法を使えるように、血へどを吐きながら必死に修練したのに、誰からも認めてもらえず……」

私の体は女性としてありえないほどキズだらけだ。毛深い動物になれば、だいたい隠れはするけれど。

また、社交にも出ず、言葉が悪い実力重視の指導者たちのせいで、気を抜けば令嬢にはほど遠い下町言葉だ。一応猫？　かぶることはできるけれど。

「まあ……存在が秘密なことに存在意義があるからねえ。でも陛下は常に労《ねぎら》ってくださるよ。給金も弾んでくださるしね」

家長たる父は、当然国王陛下の護衛だ。スラリとした黒い犬の姿で常に陛下の足元にいる。これまで陛下の命を守ったことが二度、自ら命を落としかけたのが、五度。

ちなみに父がこのように領地に戻るときは、兄が陛下のそばにつく。大鷲《おおわし》の姿で。

「その給金もぜーんぶ動物たちのご飯やらに消えちゃってますし」

先日鳥小屋にやってきた虹色のオウムは、目の玉が飛び出るような値段の赤い果実しか食べない。きっと彼の食費は私の倍はかかっている。

ある程度の期間飼育してその生態を学ばなければ、変身してもその動物になりきることはできないのだから仕方がないこととはいえ……いっそ王家が経費として、別枠で負担してほしい。

「ミアの言うこともわかるけど……もはやこの生き方しかできんだろう？」

父が眉を八の字にして、宥《なだ》めるように私に語る。もちろんわかっている。我々はそうして生きていくことが、定められているのだ。でもボヤく自由はある！

「ということで、ミア、次回私が王都に戻るときには同行してもらう」

「え、私が？」

アボット一族は当主の父を起点にして三親等までが、護衛の任に就く。年上の親族は皆既に護衛対象が決まっているので、これから任務に就くのは私の兄姉《きょうだい》と、従兄弟《いとこ》世代だ。

そして私……当主の娘がつくということは、対象も王家直系か王位継承権を持つ人間ということ。

「順番的にキャシー姉様でしょ？」

私は三人兄妹だ。一番上の兄ケビンはメインで王太子様、今日のように父が留守のときは陛下をお守りしている。姉キャシーはそのようなときに王太子様につくサポート要員……つまり固定していない。ちなみに姉は白狐《びゃっこ》だ。

第二王子殿下は我々の従兄弟ヒューイの変身姿――ちなみにヘビだが――がいたく気に入り仲良くやっている。

「まだ内々の話だが、王太子殿下の妃《きさき》の選定がほぼ終わった。国外の王族予定でキャシーはその妃殿下につくことになる。まあ、相性が合えば、ということとなるが」

「わー」

姉は美しい上に強いから（もちろん水面下の努力の上）、プライドがめちゃくちゃ高い（それもかっこいいけれど）。つまり、同世代同性に敵を作りやすいタイプだ。よそからやってくる王女様とうまくやれるだろうか……心配になってきた。

「私の見る限り、お相手の王女は穏やかなご気性で、キャシーとも衝突しないと思うぞ？」

「え、なぜ私の考えがわかったの？　父様エスパー？」

「えすぱー？」

「い、いえ、なんでも……未来の王妃様が人格者のようで何よりです」

うっかり発言を誤魔化しながら、父に話の続きを促す。

「まあいい。ということで、ミアのお相手はマリーゴールド王女殿下だ」

「マリーゴールド殿下……？　嘘《うそ》でしょ……国一番の人気者の護衛なんて、責任が重すぎ」

マリーゴールド殿下は二十歳の王太子殿下、十八歳の第二王子殿下の年の離れた王女で、王家と国民全てから愛されている、七歳の少女だ。

でも私たちのような動物護衛がつくには少し早いし、私と王女の年も少し離れている。そのようなことを考えていると、

「王女殿下はこのたび稀少《きしょう》な血統魔法が発現されてな、聞きたいか？」

「いやいやいやいや！　そんな機密情報、絶対聞きたくありません。聞きたくない聞かないぜったーい！」

私が両手で耳を塞ぐと、後ろからうちの古参メイドに両手を摑《つか》まれ耳から外される。なんで私の後ろを取れるの？　いつ鍛えた？

「残念でした。護衛として聞いてもらう。治癒魔法だ」

「うわーん！」

聞いてしまった……。

治癒魔法はその名の通り、病気もケガもなんでも治癒する。レベルと魔力量が増えれば、死んでさえいなければどんな病でもケガでも治してしまう（さすがに既に失った指など欠損の再生は不可能だけれど）。

「王家って、治癒魔法の血統もあったのですね」

「数代ぶりだそうだ。もちろん当時は秘匿された」

人間、突き詰めれば、結局健康を求める。ということで、治癒魔法を使える人間は、権力者も聖職者もアンダーグラウンドの皆様も、とにかく欲しがるのだ。ゆえに、誘拐や監禁の危険性が比べものにならないくらい高い。

権力の頂点に立つ王家に生まれたことは、守備の面で最善だったけれど、我が国よりも強い国から、王女が欲しいと望まれれば……。

私のような田舎娘でも、山のように懸念材料を思いつく。

「才能も素晴らしすぎると厄介ですね」

私の言葉に父は真面目な顔で頷《うなず》いた。

「王女殿下はまだ七歳。そして大変お優しい気性でな、護衛の兵が身近に張りつくと怯《おび》えられるのだ。いつかはご自分の立場に納得し、護衛に囲まれる生活を受け入れてもらわねばならないが、国王陛下も王妃殿下も兄王子殿下たちも、今しばらくは子どもらしい生活を送ってほしいと願っている」

「護衛に怯えるのですか？　生まれたときから護衛に囲まれていらっしゃるのに？」

私が単純な疑問をぶつけると、父は滅多に見せない苦々しい顔をした。

「……今年の初め、私もケビンもここ領地に戻らなかっただろう？　実は年末に王女殿下が襲われたのだ。どこからかこの情報が漏れたらしい」

「なんてこと……そんな……どれだけ恐ろしかったでしょう」

うちの牧場に遊びにやってくる子どもたちを思い浮かべる。七歳といえば我が友コニーと同じ？　身長は私の胸の下あたりで私でも軽く抱っこできる体格で、大人の力になど敵《かな》いっこない。……誘拐されそうになるなんて……。

「父様、もちろん捕まえて、埋めましたよね？」

「……埋めてない。私は陛下のそばを離れられんだろ。ったくお前は一族で一番血の気が多いな」

「失礼な。私は一族の一番末娘の癒しポジションです」

父は私の発言をサラッとスルーした。でもそのあとの話の中身を聞けば仕方がない。

「近衛《このえ》が捕まえて適切に処した。でもな、その誘拐でもっと怖いのはな、手引きしたのが信頼していた女性の家庭教師だったことだ」

「家庭教師が？」

幼い王女の周りにいる人間は多くない。しかも家庭教師という立場はかつての記憶でいえば『子ども園の先生』だ。慕わなかったはずがない。

「大好きだった先生が豹変《ひょうへん》し、覆面姿の男どもとともに自分に襲いかかり、駆けつけた護衛の兵と戦闘になった。結果、殿下は無事だったが、目の前で起こった荒事にもすっかりショックを受けて、ご家族の皆様と馴染《なじ》みの専属侍女以外、おそばに寄せつけない」

「王女の家庭教師ならば良家の出でしょ？」

それも身元も身分も厳選された。

「マルタ伯爵夫人だ。王妃殿下のご学友だったそうだが、まあ、いろんな事情で人は変わるということだな。もうマルタ伯爵家はこの国から消えた」

これ以上ない人選だったのに、それでも裏切られた。お金が目的だったのか、何か主犯に弱点でも握られたのか？　本格的に護衛につく前に、しっかりきちんと背景を教えてもらわねば。二度目がないとも限らない。

「では家庭教師も今はついていないのね」

「うん、王妃殿下と王子殿下が時間を見て、勉強を見てらっしゃる」

我が国の王家はご家族仲が良くて本当によかった。

「というわけで、あー、ちょっと非凡なお前に、陛下も王妃殿下も期待されているのだ」

「褒められてるようにはまーったく聞こえませんけどー」

◇◇◇

領地を発《た》って一週間後、私は春の花々が競って咲き乱れている王宮の小さな謁見室に、父と人の姿でやってきた。父は参内ということでフォーマルなスーツ姿だが、私は理由あって上からかぶるだけのオフホワイトの簡素なワンピース姿である。

最初にごねた通り、国の宝である王女殿下の護衛は、私には力不足だと今でも思っている。しかし小さな少女が一人、今も恐怖に身を震わせている様子を想像すれば、私にできることはなんでもすべきだろうと次第に腹は決まった。

正面に国王陛下と王妃殿下が座り、一段下に王太子ジルベルク殿下が立ち、その後ろに兄ケビンが控える。

そしてその横には第二王子マークス殿下が、首にヘビを巻きつけて立っている。もちろんそのヘビは従兄弟のヒューイだ。

ヒューイは本来、大人の背丈よりもでっかい大ヘビなのだが、今日は可愛らしい光沢のある銀ヘビ姿だ。大きさを調整できるなんてずいぶんと器用になっちゃって。そのヘビの瞳はグリーン。

「陛下、我が娘ミアをご紹介いたします」

隣の父の紹介に合わせて顔を上げた。

「国王陛下、王妃殿下、王太子殿下、第二王子殿下、アボット伯爵が娘ミアでございます。お呼び出しにより参上いたしました」

一応のちゃんとした挨拶もできるのだ。

既に父や兄と古い付き合いであるからして、すぐに本題に入る。

「ミア、年はいくつですか?」

王妃様から声がかかる。実質彼女こそが今日のラスボスだ。気を引き締めて返答する。

「十六です」

王妃様には王女様を出産するまでは、父の姉である伯母が護衛についていた。今はもう通常の女性騎士に守られている。子を三人なした今、自分の優先度は下がったとアボットを辞退されたのだ。

このように危険性が減った王族がアボットの動物護衛を解くと、我々はようやく普通の日常に戻る。

「学院には行っていないのね？」

「はい」

王侯貴族は十五歳から十八歳まで貴族学院で集団教育を受けるのが慣《なら》わしだ。しかし私は通っていない。どのような任務が来るかわからなかったから。

私たちは隠密《おんみつ》という仕事の性質上、顔が売れないほうがいいし、社交に励まずともいいと、陛下からお許しを得ている。ゆえに領地にて家庭教師による学習がメインだ。

ただし、嫡男である兄は次期伯爵が学院卒ではないのは障りがあるため入学した。さらに従兄弟のヒューイは、自分に王族警護が回ってくると思わず学院に行き、そこで第二王子と出会い、意気投合してしまった。結果オーライで、学院では人の姿で、王宮ではヘビの姿で過ごしている。

対象が私と年が近く、人の姿で学院でも守ってほしいというオーダーならば、私も通うことになったが、王女殿下はまだ七歳。私は結局学院に行くことはなさそうだ。

「防御魔法と攻撃魔法は何を修めているのですか？」

「物理シールドレベル8、攻撃魔法シールドレベル9。攻撃は闇魔法が最も得意で5、次は水魔法

3です」

魔法のレベルは10がＭＡＸだ。相性などは別として。

「攻撃魔法が心もとないわね」

「恐れながら私は防御に特化しております。私のシールドが壊れないうちに、王女殿下を逃し、追手を闇魔法で攪乱《かくらん》させるシュミレーションを描いております」

王妃殿下の鋭い視線に震えそうになるが我慢する。最愛の娘を託せる相手か、念入りに見極められているのだ。

「変化後はどのくらいの時間保《も》つの？　変化後の魔法の威力は？」

「最長、食事抜きで丸二日です」

それで魔力が切れ、形態を保てなくなる。

「魔法は成獣サイズでしたら今のこの人間の状態の九割方使えますが、小さくなりますと、やはり威力は半減します」

「なるほど……では、変化してちょうだい」

「それでは失礼いたします」

私は頭の中で変身の魔法陣を描き、一気に魔力を放出する。頭の先から光る緑の魔法陣に包まれ、足先まで到達するとパチンと弾《はじ》けるとともに、一回転した私が地面に着地した。周囲に私の服や靴が抜け殻のように散らばる。

私は首をぐるりと回したあと、ドヤ顔でガオーッとライオンらしくひと吠《ほ》えした。

あたりはなぜか無音になった。あれ？　見回すと、王家の皆様は一様に頬を引き攣《つ》らせていた。

どうして？　もちろん私がライオンに変身すること、知ってたよね？

第一章　護衛一族アボット伯爵家

私がアボット家に飼育している何十種という動物はじめ、ありとあらゆる動物に変身してみた結果、当主である父に、護衛任務の姿として認められた姿は、はるか南の大陸に棲《す》むという百獣の王ライオンだった。

うら若き乙女というのに。私だってなぜライオン姿が一番形状が安定し、魔法が人間の姿のときとほぼ同じ威力で発揮できるのかわからない。

そもそも動物に精通している我がアボット一族ですら、本物を見たことのない、噂《うわさ》や書物でしか知らないライオン。それに私がなぜ変化できるかというと、三歳の誕生日、父にアボット一族の使命を聞かされたときに、

『王族を絶対に守らないといけないのなら、いっちばん強いライオンになれば間違いなくない？』と思いついた瞬間、ライオンに変化すると同時に、これまでなかった未知の記憶が怒濤《どとう》のように流れ込んできたのだ。

表現するとすれば、脳の開かずの間だった部屋の扉が『ライオン』という鍵でカチャリと開いた感覚。

私には、地球の日本という世界に生きた、十代の少女の記憶があったのだ。初めは自分の頭がおかしくなったかと真っ青になったけれど、数年かけて折り合いをつけ、私はそれを自分の前世でその記憶は個性だと考えるようになった。

そんな記憶があったとしても、人に言わなきゃ変な目で見られないし、人間誰でも大なり小なり秘密があるものだ、と幼女の割に達観した気持ちになったのは、精神年齢が幾分上がったからだろう。

前世の私はどこにでもいる普通の女の子だったけれど、自転車という乗り物で行ける距離に動物園があったために、人よりもちょっぴり動物が好きだったかもしれない。

大型動物を抱きしめたい。あの毛に包まれたい。モフモフしながら埋もれて寝たい……と妄想しつつ、休日は日がな一日柵の外からニヤニヤ眺めていた。

そしてそんな人生の第一歩として、動物のお医者さんになる学校を志して勉強していたと思う。

なぜ前世の記憶が残ってるのかと考えたところ、足が悪くなった隣のおばあさんの犬を散歩してあげていたときに、大きなトラックが突っ込んできて――そのときとっさに犬だけ抱き上げ遠くに投げた記憶を見つけて、動物の神様が、お礼を込めてこの世界に転生させてくれたのかな？　なんて。

でも、私は動物と一緒に愉快にモフりながら生活したかったのであって、断じて動物になりたかったわけではない！　と、声を大にして言いたい。

私のライオンバージョンはメスなのでタテガミはない。体毛も私の金髪の影響か、ブラッシングすれば金茶に輝く。

瞳はこれまた本体と同じく薄いグリーンだ。この色は我が一族の特徴で、瞳を見れば知る者は――王家筋と身内だけだが――その動物が護衛であると気がつく。

ちなみに本物のライオンはほんの数年前に、他国から王家にプレゼントされたときに家族で会いに行った。家族は私の言うライオンが実在したことに驚いた。

「ミアには透視か先見の血統魔法もあるのかな？」

と父が呟《つぶや》いたけれど無視だ無視。ただの、なぜか残ってる記憶の一片だから。私の人生のハードルを上げないでください。

ふとあの三歳の日、最強の動物ってことでゾウあたりを思い出していたら、今頃どうなっていただろうか……などと遠い目をしながら思ったりもする。


王女殿下の護衛をするにあたって、父とあれこれ打ち合わせをした。

「父様……わかりきったことですが、七歳の王女様にライオンは受け入れられないのでは？　他の動物でいく？」

ライオンの次に私が得意な変身姿はイタチだ。その次はオオカミ。こちらも前世の好みが反映している感。でも見た目強すぎる？　イタチならギリギリペットで通りそうな……いや、飼いイタチなんて聞いたことないけれど。

「バカ言うな。完璧な護衛のためにはミアの力を最大限発揮できる姿である必要がある」

ですよねー！　と思わず呟き、慌てて両手で口を押さえた。

ですよねーなんて、貴族令嬢は使いっこない言葉を使ったり、領民と距離が近すぎるのは、身分差がなかった前世の記憶のせいだ。なるだけ気をつけているけれど、油断すると表に出してしまいがちだ。

でも、領民はそんな私を気さくだと気に入ってくれるし、家族は使命を果たせるだけの力を身につける鍛錬を怠らなければ、特に注意しない。

末っ子で甘やかされている自覚はある。それに、過去には護衛中、命を落とした一族の娘もいる。

言葉遣いは家族の中の優先順位の下位なのだろう。

「しかし怯えさせてもいかん。ということで今回は、王女殿下の心の傷に触れぬよう、ひとまずはありふれた猫として動いてもらう」

「……は？」

「つまり、子ライオン姿で、猫のフリをして過ごせってことだ。そして人間であることを当分バラしてはならん」

護衛対象者に正体を秘匿して潜入……なくもないが、久しぶりの事例だ。

国王陛下と王太子殿下は自分につく護衛である我が父や兄だけでなく、一族がどの姿を持ち誰についているか把握している。しかし、知らないままで済ませたほうが気が楽だという面もあるのも事実だ。

たとえば、自分の恥ずかしい姿をすぐそばで護衛されて、その護衛が人間の姿に戻ったとき、平然としていられるか？　また、動物の正体を知っている場合、有事に守られることに躊躇《ちゅうちょ》しないか？

　そういう懸念があるときは、陛下の判断で護衛の正体、もしくはその動物が護衛であることすら知らされない。

　第二王子と従兄弟は元から友人だったために、なんの問題もなく人でもヘビでも過ごしているが。と、そこまで考えて、ハッと気づいた。

「そうじゃなくて！　いやそれも大事ですが！　ライオンを猫と言い切ることに無理があるでしょう⁉　無理無理！」

　同じネコ科であっても、サバンナの覇者とコタツ番人とは対極にいる。

「他に策がない。諦めろ」

　そんなバカなと思いつつ、既に王家に通った話なのだと気づき、ますます唖然《あぜん》とする。決定事項なのだ。

「……では、しばらく戻れませんね」

　人にも、この領地にも。

「そうなる。真摯に励みなさい」

　家長の命令だ。

「お役に立てるよう、励みます」

　全く先のことが想像できないけれど、頭を下げる。

「陛下が急いでおられるので、準備が整い次第出発だ。完璧に王女殿下をお守りするのは当然だが

「……」

「だが？」

父が眉尻を下げ、表情を緩めた。

「王女殿下は、とても可愛らしい。陛下はじめ王族方の宝だ。そのお顔から笑みが消えた。ミアのおてんばな猫で、殿下を癒して差し上げてほしい」

「おてんばなライオンですけど？」

思わず下唇を突き出す。でも、この先も苦労が待ち構えているだろう王女殿下をできれば笑顔にしてあげたい、という気持ちは自然と湧き起こった。

「はあ。まあ私のふわふわの毛並みで王女殿下をメロメロにして差し上げます」

「おいで」

話の終わった父が、緩く笑って手を広げた。

私は心臓を右手中指で二度叩《たた》き、魔法陣の眩《まばゆ》い光に包まれながら瞬時に自慢の姿に変化して、父の膝に飛び乗った。父は優しく抱きしめる。

「ほら十分に可愛い。下手したら猫より可愛いぞ？　なんてつぶらなグリーンアイだ。王宮には私かケビン、そしてヒューイが必ずいる。危険の匂いがしたらすぐに連絡するんだ。愛しているよ」

父がそう言い、私の頭にキスをする。私も父の頰をぺろりと舐《な》めると、

「ちょっと、みーちゃんを独り占めなんてずるいわ！」

という声とともに、私は柔らかく温かな体に包まれた。母だ。知らぬ間に入室していたようだ。

母は我が一族の特性を知る親戚筋の出だが、変身魔法は使えない。護衛で家を空けがちな、頼りにならない家族の代わりに領政や社交を一手に引き受けてくれている。母がいるから、我が家は全員生きていられる。

「ミア、王女様は国の宝だけれど、ミアは私の宝なの。必ず私のもとに帰ってくるのですよ」

「ナタリー、私がちゃんと守るから！」

「旦那様にはお仕事がおありでしょう！」

心配のあまり、父に食ってかかる母を見て、つい微笑《ほほえ》んでしまう。ライオンに狙われた娘ではなくて、ライオン姿の娘をこんなに心配してくれる人は間違いなくこの世にただ一人だ。

これまでは私が領地の母を手伝ってきた。私まで王都に行けば母は一人……。仕方ないのだ。家業で王命なのだから。

「なーん」

私は母の首筋に顔をこすりつける。

「あらあら、みーちゃんってば……私は大丈夫よ。お手紙送ってね。明日は身のこなしのおさらいと荷造りを一緒にしましょうね」

家族で一人、グリーンではなく茶色の瞳の母。その温かな色を父、兄、姉、私はいつも恋しく思っている。

そのあとの王都に出立するまでの日々は慌ただしいものだった。うららかな春の午後、子ライオン姿の私に激しい稲光が降り注ぐ！

「ギャー！」

「オラオラミア様、もっとスピード上げないと丸コゲになっちゃうよ！」

頭にきて、ピョンピョン避《よ》けながらも風魔法の刃《やいば》をビシビシと投げつけると、

「あっぶねー！」

と防御の魔法陣が展開され避けられる。木々に咲き乱れる花々を散らせながら、そんな特訓に半日費やした。

「子ライオンでのスムーズな体重移動に、魔法行使、体力の省エネ。まあ、ギリギリで間に合ったって感じですかね」

つけやき刃の特訓に丸一日付き合ってくれたのは、アボット一族の魔法指南役、アジームだ。

「省エネって……まあ、非常にわかりやすい説明ではあるけどさあ」

私は小屋で人間に戻り、マントを羽織って外に出ながら文句を言う。

「今は俺たち二人だから構わんだろ？」

つまり、この四十過ぎのおじさんアジームも、私と同じく記憶持ちなのだ。なんと、この世界に記憶持ちは案外いた。ただし嘘吐《つ》きと思われるのがオチなので、密《ひそ》やかに交流を持っている。

記憶持ち同士は、互いにおやっ？　と思うときがあって発見される。私の場合は真夏の地獄の特訓中に誰もいないと思って、『ウサギに変身してウサギ飛び十往復とか昭和？　あーサイダー飲みたーい！』と叫んだ瞬間、アジームに捕獲された。

ちなみにこの周辺にはアジームと私以外に、牧場主のポーラおばあちゃんと七歳のやんちゃな女の子コニーの四人が確認されている。この田舎をサンプルに考えれば、全人口の0．5パーセントってところだろうか。

アジームの前世はヨーロッパの科学者だったそうだ。前世で存在しなかった魔法に興奮し、解明し続けてたら一流の魔法使いになってしまったという本人談。

ただこれは転生者全員に共通するが、自分の死に際の痛みや、大事な家族についての記憶は曖昧になっている。

『愛する家族を思い出したり前世をかえりみて悲しみすぎるのは、今の心の負担になりすぎるのよ。だからそういう仕様になってるんでしょうね。前世はあくまで昔の懐かしい記憶だと、線引きすることが大事よ』と、ポーラおばあちゃんが最初に四人の【秘密クラブ】で教えてくれた。あくまで今の私はミアなのだ。既に折り合いをつけていたことを再確認した。

そう、転生者の情報交換の場は【秘密クラブ】という名で、この世界中に存在している。

「王都の【秘密クラブ】への紹介状書いてやろうか？　王都のクラブは人間多くてびっくりするぞ？」

転生者は皆、ポーラおばあちゃんと同じく前世を割り切っているけれど、たまには記憶を共有する仲間と「そんなことあったよね！」と話したくなるものなのだ。でなければ、自分は脳におかしな記憶のあるおかしな人なのではないかという不安に押しつぶされそうになってしまうから。

たまに集まり息抜きし、支え合う場が【秘密クラブ】。それ以上でもそれ以下でもない。巷《ちまた》で流《は》行《や》りのチェスサークルと同じだ。ただ、絶対に部外秘というだけ。

王都の【秘密クラブ】、もちろん興味がある。アジームは変身魔法に魅了されてアボットに落ち着くまで、あちこちで魔法の研究をしていたので顔が広いのだ。広い世界には同じ日本の同じ世代の記憶がある人もいるかもしれない。でも……。

「今回はやめとく。任務が任務だもん」

私は気軽に自己紹介できない立場だ。

「……まあ、しゃあないな。ここに帰ってきたときに、みんなでお前のグチ、聞いてやっから」

【秘密クラブ】内では身分の上下はない。だから、領主の娘にタメ口でも全く問題ない。つまり、彼が私の心の口の悪さの元凶だ。

「そのときは、慰めてねー！」

私が泣き真似《まね》をすると、アジームはヨシヨシと慰めてくれた。

そうして家族や、そっと見送りに来てくれたポーラおばあちゃん、その胸で泣きじゃくるコニーに手を振って、領地を出発したのだ。

◇◇◇

そんな、ここ最近の慌ただしい日々をライオン姿で思い出しながら、現在に至る。ただ今、陛下の御前であり、聞き慣れた声で回想から我に返った。

「え、えっと、伯父上、もうちょっとちっちゃいライオンのほうがいいんじゃ？」

いつのまにか人に戻っていたヒューイが笑いを堪《こら》えながらそう言うと、父が頷く。

「ミア、もっと小さな子ライオンになるんだ」

これ以上小さいと、ようやく歩けるようになった赤ちゃんライオンになっちゃうんだけど……と思いながら、魔法陣を微修正し、再び頭の中で展開した。体が緑の光に包まれ、二回りほど縮んだ。

「……どうしても脚が太いな……」

「全体的にむっちりしてますね」

兄とヒューイのヒソヒソ話は、私の耳にきっちり届いた。ライオンの聴力は半端ないのだ。すかさずギッとグリーンアイで睨《にら》むと、二人して頰を引き攣らせて笑った。

「まあ……あどけない瞳でケビンを見上げるなんて、可愛らしい」

「ほお……ライオンなどマリーゴールドだけでなく、ほとんどの国民が見たことないから、まあ猫でギリギリいけるか？」

王妃殿下に続き陛下も面白そうな顔をして、身を乗り出した。

「でも、無詠唱で杖《つえ》もなく……魔法の威力は問題ないの？」

この世界の魔法は魔法陣を構築して発動する。それを描く魔法紙も詠唱も杖も、魔法の精度と威力を上げる補助の役目を果たす。心臓の上を叩くなど発動を短縮するサインもある。でも……、

「恐れながら、我々は杖も詠唱も使えない前提で、日頃より訓練しております」

父が私をそっと抱き上げて返事した。動物が杖を持ったり喋《しゃべ》ったりするなんてありえないのだか

ら。私たちは歴代の先祖の研究と鍛錬の末、脳内に最善の魔法陣を描くのだ。

「……そうだったわね、思い出したわ。ありがとう。よくわかりました」

王妃殿下はふう、と一つ息を吐いて、姿勢を正し座り直した。

「王妃も納得したようであるし、予定通りミアをマリーゴールド王女の護衛に任ずる。ミアの任務、正体を知るのはここにいる人間と宰相、近衛騎士団長、フォローにあたるアボット伯爵夫人と姉のみとする。当面本人にも伝えない。……あとは王女が受け入れてくれるかどうかにかかっている。ミア、頼むよ」

陛下が一瞬、眉尻を下げた父親の顔になり、私に頷いた。私は「にゃあ！」と努めて猫っぽく返事した。


謁見を終え、ヘビに戻った従兄弟ヒューイを首に巻いたマークス第二王子殿下の後ろを、赤ちゃんライオンのままトコトコと歩き、王女のもとに向かう。

マークス殿下は金眼に涼やかな水色の髪だ。髪色からして水系統の魔法が得意かもしれない。魔法は魔法陣を構築さえできれば理論上は発動できるが、その構築に遺伝的要素や相性があるのだ。相性が悪いとどんなに正確でも勢いはなく持続せず、使えないものになるので、その場合はさっさと他の属性を試したほうがいい。

殿下は男性にしてはほっそりしているが、ヒューイの話では護身術はきちんと習得しているとのこと。

「ミア、妹をよろしくね。すっかり臆病になっちゃって。きっと最初は警戒するだろうけれど、辛抱強く接してほしい。本当に……ひどい目に遭ったんだよ」

マークス殿下は王太子殿下と比べてヤンチャで危なっかしいという噂があるけれど、その悲しげな瞳を見れば、年の離れた妹をしっかり愛している、情に厚い方だと伝わった。だからヒューイもこんなにピットリ巻きついているのだろう。

正直、いくら仕事とはいえクズを命がけで守る気になどならない。

「ミアの休みのときは基本、こいつがそばにいることになる。妹はようやくヘビのヒューに慣れてきたところなんだ。まだ触れないけどね」

「シューッ」

「にゃあ」

私はヒューイ――ヘビ姿のときはヒューね、了解――ヒューと頷き合った。

「ふふふ、ミアってば本当に可愛い。つくづく変身魔法は不思議だね。そうだ。猫のときの君の名前をつけないと。ミアでは正体を繋《つな》げる者が出ないとも限らないし……でもかけ離れてなくて、妹が呼びやすいもの……単純だけどミイでどう？」

「にゃん！」

母は今でも私のことを幼い頃のままみーちゃんと呼んでいる。ミイと似ているから違和感ない。

「抱き上げてもいい？」

「にゃん！」

もちろんＯＫだ。彼女の兄であるマークス殿下と私が仲良さそうにすることが、王女の警戒心を解く。

そっと優しく持ち上げられると、目の前に従兄弟のヘビな顔があり、頬ずりされた。

実は変身姿の一族同士は、触れ合うことで意思の疎通ができる。変身姿が続き、孤独に疲れたご先祖が編み出した技だ。

『ミア、成獣のときとは勝手が違う。しくじるなよ。王宮では命取りだ』

『そんなにココ、マズイの？』

『マズマズのマズ。なんかあったらすぐ派手に閃光弾《せんこう》を上げろ。駆けつける』

『わかった』

ヘビの表情はさっぱりわからないけれど、ちゃんと激励されています。秘密が多く、他家と交流できない分、うちの一族は団結しているのだ。先輩の言いつけは素直に受け入れる。

「ミイ、案外重いね。身が詰まってる」

「グルッ？」

殿下、女の子に向かって体重の話はいただけません。

「ははっ、怒ると怖いな。さすがライオン……でもふわふわだ。こんなに可愛いミイだ。きっとマリーも気に入ってくれるはず……さあ、張り切って二人とも、猫かぶってくれよ？」

「シュー！」

「にゃー！」

私たちは渡り廊下を越え、王族のプライベートな建物に入った。

物々しい護衛が両脇に立つ、真っ白な扉の前に来ると、殿下が私の目を覗《のぞ》き込み、コクンと頷いた。ここが王女の私室のようだ。

殿下が軽くノックすると、中から大人の声がした。おそらく侍女だろう。

「私だ。入るよ」

王子が扉を開けた先は、明るい白を基調とした柔らかな部屋だった。

その奥の花柄のソファーで、クルクルと縦に巻いた赤毛をポニーテールにした金の瞳の女の子が座っている。背筋はピンと伸び、足はきちんと揃《そろ》えられ、完璧なレディだ。幼い身でそれを会得するにはどれだけの努力があったのだろう。私は目をみはって感心した。

しかし、細部まで気をつけて見ればその表情は不安げで、王族固有の金の目は少し潤み、茶色い熊のぬいぐるみを抱きしめている手は小刻みに震えている。

……こんなにも愛らしい少女に、ただの日常すら怯えさせる原因となった誘拐事件に、改めてムカムカと怒りが体の奥底から湧き起こる。

彼女は守る価値がある人間だ。私の五感全てがそう判断した。

そうして観察していると、来訪者が大好きな兄だとわかった彼女はストンと安堵《あんど》した顔になり、

◇◇◇

ぬいぐるみをソファーに座らせ、小走りでこちらにやってきた。

「お兄様っ！」

「マリー！」

マークス殿下は妹を慣れた様子で抱き上げて踊るように回った。マリーゴールド殿下——通称マリー殿下はキャア！　と声を上げて歓迎した。

先ほどまでの硬い顔もそれはそれで王族らしく凜々《りり》しかったけれど、マークス殿下に頬を寄せて甘えるマリー殿下は破壊的な愛らしさだ。マリー殿下のポニーテールが揺れるたびに、私の胸もキュンキュンする。

「ああ、私のマリー。今日も元気そうだね。なんてお利口さんなんだ」

「お兄様、もう私はピーマンもブロッコリーもちゃんと食べられるのだから、健康なのは当たり前です。そ、そうよ、抱っこなんて子ども扱いしないでください。下ろして？」

「わかってるさ。マリーが私たち兄妹の中で一番しっかり者で賢いってことくらい。でもいっぺんに大人になると、私が兄っぽくなくなるだろう？　私はずーっとマリーのお兄様でいたいんだ。もうしばらく私のために子どもでいてくれないかな？」

「し、仕方ありませんわね。お兄様のたってのお願いなら……抱っこしててもいいです」

「やったー！　ありがとうマリー！」

マークス殿下がチュッとマリー殿下の頬にキスを落とすと、マリー殿下も顔を真っ赤にしながらキスを返し、

「私だってお兄様大好き……」

と、兄の耳元で囁《ささや》いた。

かっ……可愛さが天元突破している……。目の前で繰り広げられる麗しい光景に私は完全にやられた。それにしても王族の皆様が仲良しで本当によかった。国民として幸せなことだ。

などと考えつつ、動くことも忘れうっとりしていたら、マリー殿下が頭を上げ、兄の首のヘビに、

「ヒュー、こんにちは」

と挨拶して、恐る恐る頭を撫《な》でた。ヒューはマリー殿下の小さな手のひらに、頭をくいくいと押しつけた。

マリー殿下がふふっと子どもらしく笑うあいだ、ヒューは私に得意気な顔？　をしてみせた。既に僕は信頼されてるぜ！　って意味？　ちょっとイラつく。私だってそのうちに！

「ところでマリー、このあいだ、私とヒューが仲良しで羨ましいと言っていただろう？」

マークス殿下がそう言いながら、妹を床に立たせた。

「はい。お兄様とヒューはお勉強のときもお散歩のときも、いっつも一緒でいいなあって」

「うん。だから今日は、マリーにもお友達候補を連れてきたんだ。ミイ！」

出番だ。私はマークス殿下の後ろからジャンプして、彼の肩に跳び乗った。殿下はニッコリ笑って、私の頭を優しく撫でた。

「ね、猫さん？」

マリー殿下が私を見上げて目を丸くした。猫と発言、誤認よーし!!

「そう。ミイっていうんだ。友達の家で一番可愛くて賢い猫をマリーの友達にと預かってきたんだけど、どう？　仲良くできそう？」

一番可愛くて賢い……マークス殿下ってば褒めすぎだ。でも嬉《うれ》しい。

「この子が、私の友達に？」

「ああ。お父様にもお母様にも許可はもらっているから。あとはマリーが気に入るかどうかだ。そうそう、この子は私の大事な大事な友人からの預かりもの。皆、この子へのちょっとしたイタズラも許さないよ？」

マークス殿下はマリー殿下に説明したあと、周囲の侍女や護衛に笑顔で睨みをきかせた。ありがたいことだ。これで私に対する安直なイタズラは起こらない。私は全力で任務にあたらなければならず、そんな瑣末《さまつ》なことに構ってる暇はないのだ。

準備は整った。

私がマリー殿下の護衛につくのは陛下の命令だ。でも私はたった今、この努力家で家族に迷惑をかけないために大人ぶろうとする健気《けなげ》なお姫様を、自発的に守りたくてたまらなくなった。そのためには私を誰よりもそばに置いてもらわないと。

お願い！　私に少しでいいから気を許して。できれば……仲良くなりたい！

「なあん」

私は意を決して再びジャンプし、マークス殿下の肩から下りた。そしてのんびりと気まぐれなふうに、マリー殿下の花飾りのついたピンク色の靴に向かう。すると殿下はカチンコチンに固まった。

どうしよう、やっぱりライオンじゃダメ？　怖い？　全力を出すためにはこの姿がベストなのだ。受け入れてほしい。

そんな私の焦りが伝わったのか、マークス殿下が助け舟を出してくれた。

「マリー、ミイの頭をそっと撫でてごらん」

「お、怒って噛《か》んだりしない？」

殿下は上目遣いで兄に伺う。

「マリーが優しい気持ちであれば、ちゃんとわかってくれるよ」

マリー殿下は小さく頷くと、好奇心いっぱいの顔をしてしゃがみこみ、そっと右手を伸ばして私の頭に一瞬タッチした。優しい触り方だ。私は首を傾《かし》げてみせる。それを三度繰り返すと、私の眉間から後ろに向かってじわりと撫でた。

「にゃあん」

私は「正解」の意味を込めて、気持ちよさげに鳴いた。

「あなた……ふわふわね」

私を驚かせないようにか、殿下は小さな声で語りかけてくれた。

「にゃん」

殿下のお手手も柔らかね。

「私の知ってる猫より、脚が太いみたい」

「にー」

気づいちゃった？　ライオンだからね。でもライオンでは普通サイズよ？　決しておデブではないのよ？

「ミイ？」

「にゃん」

「だ、抱っこしていい？」

「にゃん」

声帯がようやくにゃんという鳴き声に慣れてきた。

マリー殿下は口元を引き締めると小さな腕を伸ばして、エイッと私の胴を掴んだ。不安定すぎるけど、ここは我慢我慢。

「マリー、お尻のほうを支えてあげて。そうそう。そして立っていると重いから、ソファーに座ろうか」

マリー殿下は私を両腕で結構な力で抱きしめるので、ぐえっとなったが、やはり我慢。

そんな私と一体化したマリー殿下を、マークス殿下はヒョイッと持ち上げ、ソファーに並んで座り、妹殿下の肩を抱いた。

「ミイを膝に座らせて、優しく撫でながら観察してごらん？」

兄のアドバイスに殿下はコクンと頷き、素直に従う。

「こうかな……猫って、思ったよりも毛が長いのね。もふもふのふわふわ、いいにおい……」

そりゃあ、毎日お風呂入ってますから！　殿下に好かれたいから昨夜はキンモクセイの石鹸《せっけん》にしたの。

「目はグリーンでキラキラ……、宝石みたい」

「にぃ」

「オレンジの毛、金にも輝いて、お日様みたいだわ」

ライオン的にありふれた体をそう言ってくれて、私のマリー殿下の株がストップ高だ。

もう好き。大好き。

「ねえ、ミイ、私のお友達に……なってくれる？」

不安げに金の目を揺らしながら、真剣な表情で私を上から覗き込む姿はいじらしく……天使だ。

「にゃん！」

もちろんですとも！　可愛い可愛い私の王女様。

「あ、ありがとう‼」

「にゃあん」

「私ね、お兄様とヒューが羨ましかったの。ジル兄様も大きな鳥さんと仲良しだし、お父様の黒い犬はちょっと怖いけど……私たちも、負けないくらい仲良くしましょうね」

殿下の子どもらしい、愛くるしい笑顔が、心臓に直撃する！

「にゃんにゃん！」

絶対に、この笑顔を私は守り抜く！　この出会いは運命。マリーゴールド殿下をお守りするために、これまでの厳しい鍛錬が必要だったのだ。私は小さな体全身で闘志を燃やした。すると、

「私とヒューほど仲良くなれるかな？」

マークス殿下が右の眉を器用にクイッと上げて挑発する。

「お兄様っ！　絶対に私とミイが一番仲良しになってみせますわ！　ねえ、ミイ！」

「にー」

私はマリー殿下と目を合わせて笑った。

「よし、じゃあミイは今日からマリーの友達だ。ミイがこの部屋にいるときは、マリーはそばにいてあげて。ミイが部屋を出ていったら自由にさせるんだよ。ミイもお母さんのところにたまに帰るからね」

「ミイは大人じゃないの？」

「そうだよ。そしてマリーと一緒の女の子だ。だから優しくね」

「そうなんだ。まるで本当のお友達……わかった！」

初対面の儀は成功したようだ。ああ……よかった。どっと力が抜けた。思った以上に私は緊張していたようだ。

私はマリー殿下の首元に、ありがとう、よろしくねの意味を込めて顔をすりつけた。

「ぐるぐる……」

「ミイ、ミイ、私の最初のお友達！」

「にゃあん」

私は小さな腕に抱かれながら、マークス殿下とヒューにパチンとウインクした。

第二章　王女様と猫（偽）

「ミイ、朝よ。お寝坊さんね。おはよう！」

「ふにゃあああん」

マリー様の護衛《ペット》になって一カ月過ぎた。

マリー王女のベッドの上で、さも今、目が覚めたフリをする。もちろん夜が明ける前に起きて、マリー様（心の中で王族の皆様を真似してマリー様と呼ぶようになった）（だってマリーゴールド殿下は長すぎる）（どうせ喋れない）の部屋の結界を念入りに張り直していた。

マリー様がベッドを下りてトコトコと洗面に向かうのをついていく。いつもの張り詰めた表情でない、寝起きのマリー様はあどけなくてとんでもなく可愛い。

「ミイ、今日は髪型どうすればいいと思う？　家庭教師の先生は、淑女はアップにすべきだと常々言っていたけれど……」

話しながら、マリー様の瞳に影が差す。あの裏切った伯爵夫人のことを思い出したのだろう。私のマリー様に今もってこんな顔をさせる女、万死に値する。絵姿を手に入れて顔を覚えて、会ったらギッチョンギッチョンに……。

「にゃにゃん、にゃにゃん！」

私はマリー様の足元をグルグルと回った。

「え、違うの？　じゃあ、ポニーテール？」

「にゃにゃん、にゃにゃん！」

「じゃあね、ハーフアップ？」

「なおーん！」

「そっか、わかった。ローラにハーフアップにしてもらうね。ローラ、お願い」

このように、マリー様は私の言いたいことをほぼくみとってくれるようになった。天才か？

可愛いマリー様には本当はどんな髪型も似合うけれど、今日は肌寒い。首に髪がかかったほうが暖かいだろう。

顔を洗ったマリー様にローラと言われた中年の女性がタオルを渡す。彼女はマリー様の乳母で、その務めが終わると多額の報酬を得て郊外で隠居していたところ、このたび専属侍女として王妃様に呼び戻された。ローラの子どもは既に成人したりローラの母が面倒を見てくれているらしい。

乳をやったマリー様を思う存分甘やかしたい……いやいや、厳しく指導しなくては！　王女は模範となるべき存在なのだから、などとデレたり厳しい顔になったりと、表情が忙しいローラ。

ローラはマリー様が信頼する数少ない人間。マリー様の心の傷を癒すためならば、王妃様はあらゆる手段を講じるのだ。ローラも王家に忠誠を誓い、マリー様を見つめる眼差《まなざ》しを見れば、信頼できる相手だと思う。

ふと、ローラと目が合うと、しかめっ面をしながらかがみ、私の頭を三度撫でた。うん、これは前世の言葉でツンデレってやつ。私もローラのこと、好きよ。

ローラはじめこの部屋にいる護衛や侍女は、私は第二王子からの預かりもので、決して妨げてはならない、邪険にしてはならない、と通達を受けている。

ちょっと普通の猫と違うからか？　たまに胡散《うさん》臭いものを見る目で見られるが、今のところ実害はない。

「よし、身支度できた。じゃあ朝の体操をするよ、ミイ」

「にゃん」

朝の体操——もちろん前世のラジオ体操を参考にして、私が提案し、マークス殿下に薦めてもらうかたちでスケジュールに組み込まれた。

女性の貴族とはそういったものかもしれないが、とにかく体を動かす機会が少ない。子どもであっても屋外で走り回って遊ぶなんてありえないことで、室内で本を読んだり、侍女とおままごとをするくらいがせいぜいだ。

その上マリー様は誘拐のおそれがあるので、宮殿の中であっても自由に歩くことができない。この広い建物を歩き回ることができればまああのウォーキングになるだろうに。

というわけで、健全な成長のための運動が全く足りていないのだ。そこでマリー様の部屋でもできる簡単な何かを……と考えて、思い浮かんだのがラジオ体操だ。

マリー様に伝える役のマークス殿下とおまけのヒューイを手取り足取り指導したのだが、二人は一つ一つの動作に笑い転げて面倒くさかった。

『ミア、本当にコレで体が整うの？　手を開いて閉じてジャンプなんて聞いたこともないよ』

『殿下、私よりもうんと偉い（前世の）先生が考えたのだから間違いありません。保証します』

私の絶対的自信は説得力があったようで受け入れてくれた。

「おいっちに、さんし、ごーろく、しちはち！」

マリー様の前屈運動に合わせて私がピョンピョンとジャンプすると、マリー様はクスクスと笑った。

「体操ってやってみると楽しいね。頭がスッキリするし、ダンスの姿勢がよくなったって褒められたわ」

朝のたった十分間だけれど、チリツモだ。少しでも体が軽くなったなど、実感があるといい。

お手本のような締めの深呼吸を終えたマリー様は、侍女に目を輝かせて声をかけた。

「終わったわ。おやつタイムよ！」

朝の体操が終わるや否やおやつなんて……と怒らないでほしい。これも私がマークス殿下にお願いしたのだ。マリー様はまだ七歳。体操を続けるために飴《あめ》があっても構わないのだ。そもそもダイエット目的ではないのだから。

若い侍女が軽く頷き、戸棚から皿を取り出した。

その皿を見て、今日はクッキーかあと認識した途端、強烈な匂いが鼻についた。これは……植物系の毒じゃ？　ネコ科の嗅覚はヒトの数万倍と言われているのだ。間違いない。

その侍女が皿をテーブルに置いた瞬間、私は毛を逆立てて「ギャーッ！」と鳴き、皿の上に飛び乗ってガシガシとクッキーを原型がなくなるまで踏みつけた。

「ミ、ミイ？　どうしちゃったの？　ああ、食べ物を粗末にして……」

マリー様が目を丸くして驚き、周囲の惨状に侍女は鬼のような顔をしていたが、私の行動の自由はマークス殿下が宣言しているので、手が出せない。

するとローラが澄ました顔で近づいてきた。

「あらあら、イタズラ猫のせいで殿下のおやつがなくなってしまいました。お部屋を掃除しなければいけませんし、このまま朝食に向かいましょう。マリー殿下、今日は王妃殿下が朝食をともにされるそうですわ」

「お母様が⁉　嬉しい」

一気に機嫌をよくしたマリー様はピンク色のドレスに着替え部屋を出た。その後ろをトコトコと歩き、王妃様お気に入りのテラスまでついていくと、王妃様の護衛が扉を開けた。

「マリー、おはよう」

「お母様！」

マリー様が手を大きく広げた王妃様に向かって駆け寄るのを見届けて、私は逆方向に走った。

王宮内のヒューの通り道は狭すぎる……私は体を極限まで薄くして、壁や天井の隙間を通り抜けて、マークス殿下の私室の天井からジャンプした。

「お、来たね。おはよう、ミイ」

「にゃ！」

私は殿下に短く返事して、敢《あ》えて少し開いているドアから洗面所に入り、変化の魔法を解く。そこにはかぶるだけのワンピースとガウンが置いてあり、手早く身につけて顔を洗い髪をとかし、なんとか見られる体になったところで、殿下の部屋に戻る。

「改めておはようミア。さあ、朝食召し上がれ」

「殿下、ありがとうございます。あっ、ヒューイ早い！」

殿下の部屋の応接セットには、さっと食べられるパンや果物、温かいスープが並んでいる。そしてそれらに既にがっついている従兄弟もいた。彼も変身を解いて人の姿だ。私と色違いのガウンをまとっている。

ヘビのヒューことヒューイは一族のグリーンの瞳にシルバーの長髪だ。痩せて一見冷たそうに見えるが、身内の私には優しく、護衛の先輩としてアドバイスをくれる。

「ミアも急げ。王妃殿下は一時間後に公務が入っている。今日の休憩は短いぞ」

「わかった。いただきます」

私は手早くパンを半分に割り、チーズや野菜を挟み、口にする。

「ミア、食べながらでいいから報告して」

マークス殿下が正面に座って足を組んだ。絵になる姿だが、イケメンぶりには三日で慣れた。マリー様の愛らしさは日々更新されて、そのたびに心臓を撃ち抜かれているけれど。

「この三日間で、私の結界を通ろうとした形跡が五回。周囲に見慣れない侍女や護衛姿の人間が来たのが二回。そして……毒の混入が一回。今朝です」

「毒だと？」

殿下の声が怒気を帯びる。

「はい。三度のお食事は毒見を通していますが、部屋の棚に置きっぱなしのおやつに、不在時に注入されていたようですね」

たぶん、あの侍女は何も悪くない。犯人が堂々と毒入りのクッキーを出すわけがないのだ。部屋をちらかして申し訳ありません。

「ふーん。つまり、不在時であれマリー殿下の部屋に入り込めるやつがいるんだ。ちょっとよくないねえ」

ヒューイがリンゴを齧《かじ》りながらそう言った。しかし私もヒューイも小動物状態で、能力を隠しては表立ってできることはない。侵入者の探索は、人間の方々になんとかしてもらわないと。

それにしても実際危険がマリー様の目前に迫ったのを見たのはこれが初めてだ。今までよりももっと気を引き締めなければ。

「私の可愛いマリーをよくも……治癒魔法など……なければよかったのに……」

マークス殿下がイライラと、人差し指でテーブルを叩きながら呟く。殿下の兄としての歯痒《はがゆ》さに敢えて口を挟まず、私とヒューイは黙々と野菜たっぷりのスープを飲み干す。

マリー様に危険がつきまとうのは決して治癒魔法のせいではなく、それを利用しようとする人間が悪いことくらい、殿下もわかっているだろう。でも、文句を言いたくなるのは仕方ない。

そんなマークス殿下の心情は王家の皆様共通のようだ。ひとまずは治癒魔法のことは忘れて、心の傷を思い出さずに穏やかな生活を送ってほしいと思っているように見受けられる。

そしてマリー様もその家族の気遣いにホッとしているのだろう。私が護衛についてからこれまで、治癒魔法の指導を受けたことは一度もないのだから。

血統魔法が確認されたら、ひとまず使いこなせるように学びはじめるのが一般的だ。この私もそうだった。

まして大勢の国民を救う可能性を秘めた治癒魔法だ。フラットな立場でいえば、絶対にものにすべきだし、これまでの治癒魔法の記録の残っている教会も、マリー様の能力を伸ばすために是非とも協力したいと申し出ているに違いない。

それはおそらくマリー様もわかっている。だってマリー様はびっくりするくらい賢いのだから。

それでも動かないということは、それだけ誘拐事件の傷が深い――治癒魔法を忌避するほどに――のだ。

それを他人が責めるのはお門違いというものだ。マリー様の恐怖を味わっていないのだから。

でも、いつかマリー様が治癒魔法について前向きに検討できる気持ちになればいいなと思う。優しく温かいマリー様に、治癒魔法はピッタリだと思うのだ。

さらには全国民が私のマリー様の素晴らしさに、ひれ伏してほしい。

「ミアの話からもわかるように、マリーの危険はまだ去っていない。ということで、マリーにさらに後ろ盾をつけることになった。私としては早すぎると思ったが、こうなった以上、母上の言が正しいということだな……」

「後ろ盾？　これ以上ですか？　一体どんな手を？」

現時点で国王一家という最強の保護者（プラス私）がついているマリー様。しかしそれでも狙われたのだから、心配するのもしょうがないけれど、他にどんなカードが残っているだろう？　世界中から最強の傭兵《ようへい》でも募る？

「マリーは婚約する」

「なるほどね」

ヒューイが頷く。

婚約かあ……ちなみに私にはまだ婚約者はいない。前世の適齢期とは違って、既に貴族令嬢としてはのんびりしていられない年齢だが、相手には我が一族に理解があることが求められるため、通常のお見合いの手順では見つけることはできない。

きっと秘密を共有できる領地の誰かと結婚するんだろうなあと思っているうちに、七歳児のマリー様に追い抜かれてしまった。

「やがて殿下と顔を合わせますか？　お相手をお聞きしても？」

私とヒューイは事前に情報を頭に叩き込む必要がある。

「ゾマノ公爵令息、アレキサンダー」

「アレックスか～！」

名前を聞いたヒューイはそう言うと、ソファーに寄りかかって軽く口笛を吹いた。

ゾマノ公爵家……それはこの国の唯一の公爵家、王家を除いたこの国の貴族社会のトップに君臨する一家だ。

そしてその地位を今日まで揺らがせることなく、現公爵は国の人事を司る大臣、国王の右腕に収まっている。また、前公爵の姉は前王妃殿下。つまり公爵と国王陛下は従兄弟同士だ。

そんなゾマノ家の令息……。

「ヒューイはその婚約者様を知ってるの？」

「僕も殿下も学院で同級生だよ。一度実習で同じ班だったから一応愛称で呼ぶ許しを得ている。とにかく、腹が立つくらいなんでもできるやつだよ。学問も武術も魔法もね」

「つまり、マリー殿下に申し分のないお相手ということですね」

王家の次に力のある公爵家。国内でこれ以上の相手はいないだろう。

「うん。親族でもあるから、我々はまあまあ交流があるんだ。一人年の離れた女の子のマリーを公爵家も可愛がってくれている」

「同級生だからアレックスも十八。マリー殿下は七歳。アレックスは年が離れててもいいって？」

ヒューイがちょっと無理だろ？　という顔で問う。それにしても、ヒューイと殿下はほんとにフランクだ。

「王女の相手に選ばれたんだ。臣下として従うさ」

マークス殿下の言うことはもっともだ。だとしても十一歳の年の差はちょっと大きい……とパンを噛み締めながら思う。

「婚約者様にはマリー殿下の現状をどの程度伝えるのですか？」

「誘拐未遂までだ。それ以外は勝手に勘繰ってくれるだろう」

「つまり我々のことは？」

「王弟を祖に持ち、一族から何人も王家に嫁がせてきた家だ。変身魔法の護衛のことは知っているし、それがヒューやミイであることも察するかもしれない。しかし、はっきりとそうだと、そしてその正体が誰かを知らせる予定はない。彼は王家に婿に入るわけではないから」

「あの、マリー殿下の意思は……」

「さっきも言ったけれど、マリーは王女だ。覚悟はしているさ。死ぬよりましだろう？　それにアレックスとは親戚として何度も顔を合わせたことがあり、内輪では『アレックス兄様』と呼んでいる。現段階で最善の人選と信じるよ」

マリー様が既に信頼している方と聞いて、肩の力を抜く。その様子を見て、マークス殿下が笑った。

「ふふふ、ミア、ずいぶんホッとしたみたいだね。すっかりマリーに絆《ほだ》されたようだ」

「当たり前です。マリー殿下は最高の主《あるじ》です」

「ほんとになあ。殿下ぁ、僕もマリー殿下についていてもいい？」

「ダメ、ヒューはここにいて。私だってとってもとっても孤独なんだから〜！」

そう言って泣き真似しながらヒューイに縋《すが》るマークス殿下を見て、この二人くらい、いつか私もマリー様と信頼関係が生まれるといいな……と思った。

◇◇◇

夜、ドアにきちんと護衛がついているのを確認し、私が張り巡らせた周囲の結界にたるみがないか？　いつものように探索に出る。

といってもせいぜい十分ほどだ。マリー様のそばを長いこと離れるのは私のほうが落ち着かない。マリー様が熟睡したのを確認して、毎日違う場所をローテーションで見て回っている。

今夜は結界をこじ開け侵入しようとした形跡もなく、結界自体もほぼ完璧な状態だったことに気をよくして、軽い足取りで（太いライオン足ではあるけれど）戻ってくると、マリー様の部屋から『クスン、クスン』と鼻をすする音が聞こえてきた。

ドア外の両脇に立つ、精鋭の護衛はそれに気がついていない。ライオンの聴力でしか聞き取れない、あまりに慎ましい泣き声に、急いで隠し通路を使ってマリー様の部屋に戻る。

音を立てずベッドに飛び乗り、マリー様を覗き込むと、マリー様はまだ眠っていた。眠ったまま涙を流し、小さな嗚咽《おえつ》を漏らしていた。

「なあん……」

せめて、マリー様に寄り添おうと、毛布の横から頭を突っ込もうとすると、マリー様がはっと息を詰めた。

『先生、嫌、怖い！　助けて！　お母様ー‼』

ああ……また悪夢――いや、現実の再現映像を見ているのだ。

実はこれが初めてではない。もう何度目だろうか。数え切れない。こんな小さな少女にこれほどのトラウマを植えつけるなんて、許せない……。

「グルルッ！」

つい、怒りのためにライオンの唸《うな》り声が出てしまい、慌てて気持ちを立て直し、ため息を吐く。

一瞬だけでも人に戻って、ぎゅうぎゅうに抱きしめて慰めてあげたい……無理だけど。そもそも人ではマリー様にここまで近づくことはできなかった。

マリー様の心をちょっとでも癒すことができない無力さに、げんなりしつつ、改めて毛布に入ってマリー様にひっついた。するとマリー様はいつも通り私を胸元に引き寄せ、私の頭に頬を乗せる。

「ミイ……ふわふわ……」

マリー様は安心したように、すぅっと静かな眠りに入った。

やはりマリー様に今必要なのは休養と穏やかな日常だ。治癒魔法なんて大人になってから学べばいい、と思い直す。

話に聞いた婚約者様が、いたいけなマリー様をひたすら甘やかしてくれるように祈っていると、夜が明けた。

◇◇◇

誘拐未遂事件以来、マリー様には決まった家庭教師はつかなくなった。しかし、指導する予定だった王妃殿下も兄殿下方もやはりお忙しい。

ということで、午前中に週替わりで貴族学院の教師がやってきて、宮殿の小会議室というオープンな場で、侍女や王女専属護衛、王宮自体の護衛が目を光らせる中勉強するスタイルに変化した。

私は当然、マリー様の足元で丸くなり、寝たフリをして、マリー様の周囲にシールドを張り巡らせる。きちんと起動したのを確認すれば、少し緊張を解く。

今日の講義はこの国の地理だ。教師はうまくマリー様に質問して、興味を引き出しながら進めている。

私も学院に行っていれば、このような授業を毎日受けたのだろうか？　確か前世では、クセの強い担任と、ふざけてばっかりの友達が……などとチラリと考えるが、意味がないからやめた。

可愛いマリー様の護衛こそが最重要で、私の能力を最大限活かせることだ。

昼下がりの午後、マリー様は私を膝に乗せ、ブラシで私の毛並みを整えながら、ふぅ……っと息を吐く。

「全てのお勉強が難しいわ……どれも必要なことだってわかるけれど。先生のお話についていけないこともあるの。でも、先生のお話をどこで止めればいいかもわからない……」

あの先生方は普段、マリー様より十歳上の生徒を相手に教鞭《きょうべん》を取っているのだ。マリー様がわからなくてもしょうがないと思うし、逆に先生方も子どもに教えるスキルなどないのだから、先生方を責めるのも酷だろう。

マリー様が下唇を噛み締めて、悔しさを堪えている。

「なあん」

マリー様の小さな手のひらに額をこすりつける。

「ミイ、慰めてくれるの？　ありがとう。そんな優しいミイに、おやつをあげましょう！」

「ニャン！」

マリー様は私を抱えて立ち上がり、部屋の戸棚から私のおやつを取り出した。小粒の少し硬いクッキーのような代物だ。味は人の舌には薄いけれど、猫姿のときはちょうどいい。一族が開発した私専用の栄養補助食品で、マークス殿下からマリー様にどさっと渡してもらっている。

猫《ライオン》の私は猫らしい、血のしたたる生肉なんかも食べられなくはないけれど、基本は遠慮したい。

マリー様が私のお皿にざらざらと入れたあと、一粒つまんで私の口に差し出す。私はパクッと咥《くわ》えてガジガジ齧る。

ちなみにローラはじめ侍女や護衛は、私とマリー様の触れ合いに基本口を挟まない。マリー様はまだ七歳、楽しい時間を過ごして事件前の状況に戻ることが最優先と、陛下が事前におっしゃっているからだ。

それに貴重な治癒魔法能力者のマリー様が国外に嫁ぐことはありえない（実際、公爵令息に婚約者は決まっている）。王女の教育進度に文句を言える者などいない。

「ミイって美味《おい》しそうに食べるよね。お利口さん」

マリー様はニッコリ笑って私の頭を撫でた。

本当のお利口さんはあなただ。誘拐されそうになり、制約だらけの生活の中でも、結局は努力を怠らず、皆に優しい。

「でも最近ちょっと重くなったよね」

「………」

き、気づいてしまいましたか……王宮のお食事は美味しすぎるのだ。それに、常に緊張状態ではあるけれど、領地で訓練する日々に比べれば運動不足なのは否めない。むむぅ。

運動になって、さらに少しでも、マリー様がくつろげる時間を……。

「ニャンニャン」

「え、まだ欲しいの？　ミイは食いしんぼうさんねえ」

「にゃにゃん、にゃーんにゃん」

「え？　違う？　上？　……投げろってこと？　でもそれはちょっとお行儀が……」

「シャーッ！」

「ミイってば、怒らないで、わかったわ。ポーイ！」

マリー様が空中に放ったお菓子を、私は華麗にジャンプして咥えて、縦に一回転したあと颯爽《さっそう》と着地した。

「ニャン！」

どうだ！

「すごおおおおい！　私のミイってば、天才なのお⁉」

「にゃおーん！」

猫になりきるために、いろいろと猫っぽい仕草を日々学習しているのだ！

「もう一回、それー！」

「ニャン！」

「姫様！」

ローラから厳しめの声がかかる。彼女の許容範囲を越えてしまったようだ。でもマリー様はイタズラっぽく笑って続ける。

「今度はもっと高く投げるよ！　それー！」

「ニャンニャン！」

パクッと咥えて、今度は捻《ひね》りも加えて着地！

「きゃあー！　すごいすごい！　ミイ、だーいすき！」

「にゃーにゃーん！」

私も！

いつになくはしゃぐ様子に、侍女ローラはやれやれと呆《あき》れた顔をマリー様に見せつつ、そっと後ろを向いて涙をぬぐい、私に向けてサムズアップした。ずっとマリー様の明るい笑顔が見たかったのだろう。やはり彼女は同志！

◇◇◇

「ミア、太ったと思ったら今度は痩せた？」

不定期の朝食会で、ヒューイが無遠慮に私をじろじろと見る。

「最近、思った以上に運動してるから……」

「おやつキャッチの遊びはミアが始めたんだろ？　本来犬の遊びなのに。なら自業自得だ」

「あれ？　犬だったたっけ⁉」

ポカンと口を開けてしまう。そんな私に殿下が気遣う。

「ヒューイ、レディに向かって太った痩せたは失礼だよ。でもミア、魔力不足じゃないの？」

「常時結界やシールドを張ってると、まあ……」

ちなみに侵入者を探知するのが結界魔法。攻撃を跳ね返すのがシールド魔法だ。

「いっぱい食べていい。コロコロした赤ちゃんライオンのミアは最高に可愛いから」

「殿下、コロコロはヒューイよりも失礼だから！」

私がジト目をしても、ニコニコ笑う殿下。最初チャラいと思っていた自分のお尻を蹴り上げたい。

この方は人格者で、賢いがゆえに外ではチャラく立ち回っていらっしゃるのだ。

「それにしても、ミアは『ツッコミ』気質だよね」

「え？　ツッコんでますか？」

「わお、自覚なしなんだ。食べながらちょいちょい、ツッコミ挟んでるよ？」

無意識に前世モードが発生していたようだ。よくない。気をつけないと。

「殿下、僕たちは動物になると喋れないから、対象者の会話に耳を傾けて、頭の中で一人ツッコミしてるんです。言葉も自然と荒くなるし。口の悪さはアボット家の病気と思って見逃して？」

ヒューイの説明はまずまずの説得力があって、大いに感謝しながらウンウンと頷き、私はパンをもう一つ、自分の皿に追加する。

「もちろん、マリーをキチンと守ってくれるなら、ある程度の砕けた言葉もツッコミは許そう。でも、面白くなかったらつまらないって、はっきりこれから言うよ？　そのほうがお互いのためだ」

「「まさかのハードル上がった⁉」」

私とヒューイの顔が引き攣った。

かなりブラックな職場だけれど、仕えるお方が揃って話がわかり、尊敬できる点、恵まれている。

◇◇◇

このような毎日を繰り返すうち、徐々にマリー様と打ち解け、私がマリー様の部屋の空気ライオンになった頃、私の結界に初めての気配を察知した。

読書中のマリー様の膝にさりげなくジャンプすれば、体に腕を回され当たり前のように受け入れられる。

やがてノックの音が聞こえ、ローラが応対する。

「姫様、アレキサンダー様がご機嫌伺いにおいでです」

「まあ、アレックス兄様が？　お通しして」

おおっ！　噂の婚約者様の登場だ！　宮殿入り口の応接室で会うのではなく、数ある関所を潜《くぐ》り抜け、このマリー様の私室にやってこられるということは、よほどマリー様にも、陛下方にも信頼されている方なのだろう。

さてさて、私の愛する主を託せる相手か、私がじっくり見極めてやろうじゃないの。

マリー様が立ち上がったので、私は膝からピョンと跳び、マリー様の左にはべり、ついていく。

仮に婚約者様が右利きであれば、こちらにいるほうがマリー様を守りやすいから。

護衛が一人分、扉を開けた。

すると襟足につく長さの黒髪に琥珀《こはく》色の目で、濃いグレーのスーツを着た背の高い青年が入ってきた。青年はマリー様を見つけると優しげに微笑みかけて……その面差しは少しマークス殿下に似てる？

しかし、所作や表情は同い年らしいマークス殿下やヒューイよりも大人びている。姿勢も良くて前世的に言えば武道……剣道でも嗜《たしな》んでいるイメージだ。

スマートでそつがない。王族のお相手とはこういう人物だ、というイメージを具現化したような男性だ。まあ……第一印象としては合格かな？

「マリーゴールド王女殿下、お勉強中だった？　お邪魔いたします」

低い、洗練された大人の声は耳に心地よく、マリー様を敬ってか、少しだけ甘い。

「ううん！　アレックス兄様いらっしゃい。ちょうど休憩していたところよ」

マリー様は勢いよくアレキサンダー様に突進していった。アレキサンダー様は面白そうに笑って、がっしりとマリー様を受け止め、クルクルと回った。マークス殿下と似たようなことをする。親類一同待望のお姫様であるマリー様は、やはりアイドルなのだ。

「ああ、私のお姫様は元気いっぱいだね。こんなに歓迎してもらって、訪問した甲斐《かい》があったよ」

正面から額を寄せ合うその笑顔に嘘は見えなかったし、アレキサンダー様から毒や魔法発動の気配はない。ひとまずは様子見でいいだろう。

侍女が手早くお茶を淹れると、マリー様は床に下りて午前中に教師から習った計算法をアレキサンダー様に伝えながら、ソファーを指さし誘った。二人は婚約者らしく正面に座りお茶を飲む。

その後も二人の話は途切れることはなく、私の彼への評価は少し上がった。

いくらマリー様が大人びていて国一番の美少女とはいえ、まだたった七歳だ。大人が子どもの話の聞き役に徹するには、やはり忍耐力と……親愛が必要だと思う。それが婚約者様にはある。それは得がたい資質だ。

「そうだ。アレックス兄様にミイを紹介しなくちゃ。ミイおいで！」

マリー様に呼ばれたが、いつものようにジャンプひとっ跳びでマリー様の膝に着地などしない。ひとまず合格点は出しているけれど、今度は近場からじっくり値踏みさせてもらいましょう。もったいぶって、のんびり彼女の足元目指して歩く。

アレキサンダー様からも冷ややかな視線を向けられた。私をひどく警戒している。お互い様だけど。

フッと何か、彼から小さな魔法が飛んできたけれど、自身にかけたシールドが無難に弾いた。鑑定でもされたかも？　マリー様を守るためにたとえ猫（？）一匹であれ慎重に正体を確認しようとした行動ならば、私的には高得点である。

とはいえその鑑定？　を弾いてしまったから怪しまれたこと間違いなしだ。二度目があるかと身構えたけれど次はなかった。なので私も気がつかないフリをして、マリー様の足元に丸くなる。だって猫だから。

「……珍しい猫ですね。見たことがない……それに客がいるのに寝るなんて、ふてぶてしい」

公爵令息もさすがにライオンは見たことなかったようだ。セーフ。

「兄様、猫なんてそんなものです」

そう言ったマリー様の表情が、いかにも先輩ですって様子で微笑ましく、思わず彼女の足に、頭をスリスリとこすりつける。するとマリー様が私の頭を優しく撫でた。

そうするあいだも、アレキサンダー様は注意深く私を観察している。

「ずいぶんと仲が良さそうだ」

「うん、私の一番の友人なの」

「おや？　マリー殿下の一番の友人は私だろう？」

何？　私への嫉妬？　私はジャンプしてマリー様の首に巻きつき、にゃあと鳴いて仲の良さを見せつける。どや？

それにしても友人って……婚約者なのに。

「アレックス兄様は私の三番目の兄様よ！」

マリー様も全く婚約者として意識していない……。年が離れているからいたしかたないか。マリー様が乙女になった頃に、レディ扱いをきちんとしてほしい。

「こんな可愛いお姫様が兄と呼んでくれるなんて、私は前世どんな善行を積んだのだろうね。それにしても、マリー殿下はいつこれほど動物を好きになったの？」

「んー、動物も怖いときもあるわ。でもミイは特別なの」

「へえ、私にも抱っこさせてくれないか？」

アレキサンダー様はそう言うと、さも自然に私をマリー様から取り上げてしまった。

「アレックス兄様、優しく、優しく抱っこしてあげて！」

マリー様も止めないということは、大好きなミイ（自分で言うのも照れるけれど）を預けてもいいほどに、アレキサンダー様を信頼しているということで、それは素晴らしいこと――いや、この状況はよろしくない！

マリー様に言われるまでもなく、アレキサンダー様の私の抱き方はソフトで、動物慣れをしていることが瞬時にわかった。さらに彼の私をさする手はいわゆる前世の獣医師の触診をイメージさせた。間違いなく私が何者なのか探っている。

私は思わずアレキサンダー様をギロッと睨みつけた。すると彼は一瞬瞠目《どうもく》したあとプハッと噴き出した。

「ミイ、君はなかなか興味深いね。気に入った。私とも友達になってほしいな」

「ミャー！」

私は大声を上げてもがき、アレキサンダー様の腕から脱出し、マリー様の肩に跳び移った。これ以上彼に関わると、ろくなことがない気が……つまり正体がバレるおそれがある気がする。この男とは今後接近注意だ。

実際私はこの男と遊んでいる暇なんてない。私にはマリー様の護衛という崇高な仕事を完璧にやり遂げるという使命があるのだから。

私はプイッとアレキサンダー様に背を向けて、マリー様の耳元で甘えるように鳴いた。するとマリー様は、

「あ、戻ってきた。やっぱりミイの一番は私なのね？　嬉しい」

そう言って、私の狭い額にキスをして、頬を染めて笑った。

「にゃ、にゃあああん」

あまりのカワイイの威力に、私はたった今胸に誓ったばかりの使命を忘れて、意識を飛ばしてしまった。

そんないちゃいちゃしている私たちを、アレキサンダー様はソファーのアームに肘をつき頬杖して、

「えー、私も仲間に入れてよー」

と、愉快そうに眺めていた。

これ以降、マリー様と私の仲に嫉妬していたはずのアレキサンダー様は、私と仲良くしたほうがマリー様に喜んでもらえると思ったのか、私に構おうとするようになった。

アレキサンダー様と私の、よくわからない追いかけっこがスタートした。マリー様は毎回その様子を、手を叩きながら楽しそうに観戦しているからまあいいけれど……この状況はなんなんだ、一体⁉

第三章　初めての休日

「ミイ、本当にジル兄様の大きな鳥、私を捕まえたりしない？　つっつかないかな？」

つっつくと思われた大鷲姿の兄ケビンは、がっしりした造りの止まり木の上で体全体を硬直させて、見るからにショックを受けている。あ、目が潤んでいる。泣くかもしれない。

金目に赤毛と、マリー様と同じ色を持つジルベルク王太子殿下が、右手で口元を隠して上品にクスクスと笑った。

「マリー、こう見えて私のケーブは繊細なんだ。優しくしてあげて？　そうすればケーブもマリーを好きになってくれるよ」

「にゃあん」

私もジルベルク殿下の発言を後押しするために、一鳴きした。するとマリー様は兄殿下に抱きかかえられ促され、ケーブ——兄の大鷲姿の名前らしい——の翼をそっと上から下に撫でた。

「ちょっと硬いわ」

「うん。この翼が力強く飛んでくれたり、風を起こして私を守ってくれるのだ」

「まあ、ジル兄様を守ってくれているの？　ありがとう」

マリー様のキラキラした瞳に見つめられ、鳥な兄が照れまくっている。ダメよ、マリー様の護衛の権利は渡しません。

無事初対面を終えたようだ。私はマリー様の視界に入らぬように王太子殿下の部屋を出た。

今日は久しぶりの完全なる休日なのだ。マリー様のお心はほぼ落ち着いたと判断され、初めて許された。

マリー様のことは王太子殿下とその精鋭の護衛の皆様と、うちの兄が完璧に守ってくれる。こんなに後ろ髪引かれることなくリラックスできるのは久しぶりだ。

ちなみに私と同じくピットリマリー様とひっついている侍女ローラも本日はお休みだ。ローラがマリー様のもとへ引き継ぎ終了の挨拶に来た際、これまでのお互いの健闘を讃《たた》え合い、真顔で頷き合ってハイタッチ的なことをした。ローラも大好き。

私は赤ちゃんライオン姿のまま王宮に賜っているケビン兄様の部屋に行き、安全を確認すると変身を解いた。そして母が準備してここのクローゼットに置いてくれている、女性ものの洋服をいそいそと取り出す。

薄いピンクのブラウスに茶色のスカートを着て、細いピンクのリボンで金髪を左肩で緩く結んだ私は、ちょっと裕福な町人といった感じだと思う。今日は一人で城下の商店街で買い物をする予定なのだ。

私は普段王都にいないし学院にも行っていないから、誰にも顔バレするおそれはない。伯爵令嬢ではあるけれど、自分の身は守れる。

万が一、何か偶然が重なり伯爵令嬢として身代金目当てに誘拐されたり、マリー様の護衛であることがバレて利用されそうになっても、家族は助けには来ない。我々の優先順位は護衛対象である王族第一だから。

さらに、私が王家の秘密を漏らすよう強制されたら、自死する。そういう契約だ。

でも今のところ、治癒魔法を除いてそこまでの重大な秘密は知らされてない……と思う。私の知っていることは、マリー様がいかに努力家で愛らしくて可愛くて可愛くて可愛いかということだけだ。そして可愛いは正義。

財布の中身をチェックして、ハンドバッグを持ち、姿見で自分の姿を確認する。久しぶりの人間の私はちょっと痩せていた。背も少し伸びたようだ。

まずは食事だな、と思いながら、自分に弱い隠蔽魔法と結界をかけて、兄の部屋を出た。


ライオンのときにチェック済みの、この時間帯に人通りの少ない通路を通って、私は無事王宮を脱出した。貴族街と平民街の間にある商店街に足早に急ぐ。

いつのまにか世間は初夏になっていた。街路樹はうっそうと茂り、日差しも案外きつい。

まだ午前中だから、ほとんどのお店は開いていなかったが、すぐ先の、おそらく朝食を出す食堂は、朝のピークが済んだところのようだ。

近づけば年季の入った建物で、店内もおしゃれとは言いがたかったけれど、地元アボット領の食堂に比べれば、照明はずいぶんと明るく建物は修繕済み。ここで目当ての商店の開店時間まで時間を潰そうと思い、横開きの戸を開けた。

「い、いらっしゃいませ〜！」

私の顔を見て、三人の女性店員がなぜか目を丸くする。

「朝食、まだやってますか？」

「ま、まあ、やってるけど、あの、お嬢さんの口に合うか……な？」

お嬢さんと呼ばれるということは、この服装でもまだ裕福感強めだったようだ。母に伝えねば。

「お腹《なか》ぺこぺこなので、オススメをお願いします」

初めての店はオススメを頼むべし！　と前世の私が言っている。私はニコッと笑って、奥の席に腰かけた。客は……あれ？　誰もいない。昼に備えて閉店の直前だったのだろうか？

窓から少し離れた席に座り、外の様子を窺《うかが》う。貴族、平民ともに行き交っている。

このあたりは比較的治安もいいし、どの店でも馴染めると思ったのだけれど、店選び失敗しただろうか？　事前にヒューイからリサーチすべきだったかも……などと反省していると、フロアで一番若いと思われる女性がプレートと飲み物を運んできた。二十代後半だろうか？

「こちらが朝定食です。飲み物はお茶になりますが、ミルクはお入り用ですか？」

「お茶にミルクを入れるの？」

「はい。ミルクと砂糖を入れると朝から馬力がついて、ガッツリ働けるんですよ」

「なるほど。じゃあ私もそうするわ」

プレートには茶色いパンとスライスしたハム、そしてカップスープが載っていた。スープはオレンジ色だったのでトマトがベースかな？　と思ったら、スプーンを口に運ぶと、しっかり魚介系の味だった。好みだ。

少し硬いパンとスープを一緒に口に含む。のんびりした朝、職場の延長でない朝、幸せだ。たまには自分のことだけ考える時間があってもいい。

「ああ……最高」

ついそんな言葉を漏らしながらゆっくり噛み締めて食事を終え、現世で初めてのチャイのようなスパイスのきいたミルクティーを試すとこれも新鮮。

「あ、これも好きかも」

デザートのように甘く、確かに腹持ちが良さそうだ。さらに体の芯からポカポカしてきた。冷え性の女性にもってこいの飲み物じゃないだろうか。

「よかった、女の子の舌にも合ったみたい」

「私たちの地方のスープ、王都でも通じたわ！」

「ミルクティー、勇気を出して薦めてよかった」

「優しいお客さんでよかったね。また来てくれないかな？」

チラチラとホール担当の店員たちの視線が気になるなあと思っていると、彼女たちのひそひそ話が耳に入った。仕事柄、人間姿であっても聞き取りは得意なのだ。

このお店はまだオープンから日が浅く、店員も客の反応を探っている段階なのかもしれない。

私が顔を上げてバッチリ目を合わせて、美味しいですと伝わるようにニッコリ笑うと、皆アワアワとした様子で頭を下げた。

あと半刻ほどすれば商店街のほとんどの店が開くだろう。ひとまず本屋が最優先だ。マリー様の学習中の本を私も読んでおきたい。たまに話がわからず悔しい思いをするから。私はマリー様を百パーセント理解する、賢いライオンを目指すのだ。

今朝の寝起きのマリー様も可愛かった。なんと寝言で「ミイ、こっちにおいで」と言ってくれたのだ。思わず「はい、よろこんで！」と返事するところだった。ライオンだから言えんけど。

とはいえ、まだ誘拐事件の黒幕が捕まらぬ今、王宮内の庭園を散策することもできない。さっさと解決してほしい。赤ちゃんライオン姿ではマリー様を守ることで手いっぱい（足いっぱい？）なのだから。

いつか一面の花畑をマリー様と「うふふあはは」と駆け回る様子をひとしきり想像してニマニマしつつ、事前に書き留めていた買い物リストを取り出す。

兄やヒューイには頼めない細かな雑貨と、小腹が空《す》いたときのおやつも買っておきたい。

「カリカリも美味しいんだけどね」

毎日だと飽きるのだ。

それと何か、自分へのご褒美に可愛いものが欲しい。私だって頑張ってるもの……そんなことを思いつつ、ミルクティーをコクッと飲むと、入り口のドアにかかったベルがガランゴロンと鳴った。

私よりも遅い朝食客がいたようだ。客一人はちょっとだけ気まずかったのでホッとした。

頬杖をついて、窓の向こうの人々の服装をなんとはなしに観察していると、ピリッと肌に刺さる刺激を受け止めた。私の体のごく周囲に張った結界に触りがあった。直接的な攻撃ではなくて……これは視線だ。それも少し冷たい感じのもの。

これではリラックスできない。ここのお店、美味しかったけれど、結局私とは縁がないようだ。とっとと店を出て、広場で時間を潰そう。残りのミルクティーを飲み干してバッグから財布を取り出し、何一つ気がついてない体《てい》で顔を上げて……息を呑《の》んだ。

そこには、我が最愛のご主人の婚約者が、眉間に皺《しわ》を寄せて私を見つめていた。

いやいやいやいやいや、彼は私が猫（のフリをしたライオン）と知らないはず。なぜ初対面の私をこうも睨みつける？　そもそもここは私とは桁違いの貴族である公爵令息が足を運ぶ場所ではないでしょう？

とはいえ彼の様子をチラッと見れば、彼も生成りのシャツにグレーのパンツ姿と町民にありがちないでたちで、お忍びの様子。とはいえ、伊達《だて》メガネくらいでは生まれ持った気品というものは隠しようがないけれど。

いけないいけない、長居は無用だ。私はバッグを手に立ち上がって、店員に声をかけた。

「ご馳走《ちそう》様。お勘定お願い」

「ちょっと待って」

アレキサンダー様がマリー様と過ごすときよりも、一オクターブは低いのではないかという声で、私の財布を開けようとする動作を止めた。あまりに唐突で、私は演技でなくびっくりした。

「はい？」

「君は……なぜこの店へ？」

その言葉、そっくりそのままにお返ししたいんだけど？　と心の中でツッコミを入れた。

ひとまず私も、おそらくアレキサンダー様も庶民のつもりだ。下手にへりくだらず、でも初対面だし丁寧語……くらいが正解か――つまり、脳内言語に近い状態で話す。

「ええと朝食を取れる店で、真っ先に目に入ったのがこちらだったので」

「どう見ても良家のお嬢さんだけど、こんな庶民の店に？」

「ですからお腹が空いてまして、結果的に美味しいお店でラッキーでした」

そんなにこの店と私はしっくりこなかっただろうか？　庶民の店に全く抵抗がないのは、ザ・庶民だった前世の影響もあるけれど、なんせ王都で一人で散策なんて初めてだから……と内心冷や汗をかきつつ、とぼけ続ける。

「まあ、口には合ったようだな……」

彼は私の空っぽの皿をチラッと見てそう言った。

「あの、何か不愉快なことをしたのであれば、二度とこちらに来ませんので？　あの、お勘定……」

よくわからない状況からは撤退するのが一番面倒がない。それにマリー様の護衛任務が秘密である以上、アレキサンダー様と下手に接触して、どこかでボロが出ることになったらまずいのだ。

私がそう言えば、厨房《ちゅうぼう》の中でガッシャーンと何かが落ちる音がした。

「い、いえいえ、とっても綺麗《きれい》に美味しそうに食べてもらって嬉しゅうございました！」

「その、ガラも悪くないし、また来ていただきたいですっ！」

「はい、是非に」

ホールだけでなく、厨房担当の店員たちまで顔を出してきて、急にやんややんやと口を挟む。なんだか混沌《こんとん》としてきたな。

私はアレキサンダー様に視線を戻す。

「あの、あなたは……」

「はあ、私はこの店のオーナーだ。従業員が君を歓迎するならば、別に問題ない」

なんと、ここはアレキサンダー様のお店だった！　でも……私はつい店内を見渡す。どこをとっても公爵家に似つかわしくなさそうな作りだ。

なぜ公爵令息が平民も利用する食堂を？　つまり自分の店に不審な客がいたから声をかけたということ？

「それにしても本当に見慣れない顔だな……その身なりなら学院に通ってるはずなのに……一度見た顔は忘れないたちなのだが。それにその鮮やかなグリーンの瞳、どこかで……」

アレキサンダー様の頭が回転しはじめてしまった。ひょっとしたら正体に繋がる糸口を見つけるかもしれない。私は慌てて私たちの会話を見守る店員を手で招いた。

「えっと、……はい、七百ゴールドね」

「ぜ、是非また来てくださいね」

私に給仕してくれた彼女は、なぜか祈るようにそう言った。

「あ、うん。美味しかったです。でもお休みあんまりないから、たまにしか来られないかも」

退散しようと背中を向けると、アレキサンダー様がまたしても声をかけてきた。

「仕事？　もう働いているのか？　ちょ、ちょっと待って」

「……お買い物に行きたいんですが。そろそろお店も開いたと思うので」

「何を買うの？」

久しぶりの貴重な休みをかき回されて、さすがにイライラしてきた。

「なぜあなたに教える必要が？」

「そうだな……興味があるんだ。その、女性が何を、どんな店を必要としているのか？」

「……彼女さんにプレゼントですか？」

「まあ……そんなところ」

彼女とは、私の愛《いと》しのマリー様のこと、よね？　もし違ったら顔が腫れるまで猫パンチするけど？

「本人に聞けばいいんじゃないでしょうか？」

「すぐに会えるわけではない」

「……遠距離ですか？」

「一般論を知りたいんだ」

婚約者であるマリー様は王女。既に最高のものが身の回りに取り揃えてある。確かに婚約者としてプレゼント選びは難問かもしれない。でも、

「私は自分が欲しいものを買いに行くのであって、男性からプレゼントされて嬉しいものはまた別ですよ」

というか、これ以上関わりたくない。察してほしい。

「そうかな？　自分が大好きで買おうと思っていたものをもらえると嬉しいものでは？」

「まあ、大きく外れることはないかもしれませんね」

「で、どこに行くの？」

「本屋です」

躊躇したものの、とっさだと彼をまくいい方法も思いつかず、正直に目的地を伝えた。

「本か……確かに君の雇い主は、給料を弾んでくれるようだ」

本は高額だ。それゆえに庶民はなかなか手を出せず、貸本屋が繁盛している。しかし私は貸本屋を利用するといつ返せるかわからないので、結局買うことになる。でも、読み終わったあと、領地の図書室に並べて、皆に読んでもらえるからいいのだ。

私が外に出るとアレキサンダー様はそのままついてきた。

「あの……オーナーさん、お仕事は？」

「ワン！」

話を中断させる突然の鳴き声に、びっくりして跳びのくと、店の入り口の横に、茶と白の模様のふわふわな大型犬が賢そうな顔をしてお座りしていた。前世的に言えばセントバーナードが二回りほど大きい感じ。

「カール、お待たせ」

アレキサンダー様が声をかけると、尻尾をバタバタと振って喜んでいる。彼の飼い犬……いや、番犬のようだ。この犬種は賢いし強い。人間の護衛二人分の力はある。お忍びのお出かけの供にピッタリだ。ただしこの大きさ、店によっては丁重に店先すらお断りされるだろう。

彼は犬の頭をガシガシと撫でながら、私に向き直った。

「仕事？　オーナーだからね。どうにでもなるんだ。少し君の買い物を見学させて。頼むよ」

いやだから、なぜ初対面の相手の買い物にそんなに興味を持つの？　と困惑しつつ、アレキサンダー様の正体を知るゆえに対処がわからず途方にくれていると、彼の犬が私に向けて顔を上げた。

「ワンッ！」

「ぐっ……」

私は……前世から動物のつぶらな瞳に弱いのだ。

思わずふらふらと吸い寄せられるように跪《ひざまず》き、ぎゅっと抱きしめると、カール？　はしばらく私を観察したあと頬を寄せて私の顔をベロッと舐めた。

一応犬の本能的には合格のようだ。よかった。こんなかわい子ちゃんに嫌われたら一年……いや二年は立ち直れない。

しばらくカールの、手入れの行き届いた毛に顔を埋《うず》めて堪能していると、アレキサンダー様はさりげなく私をエスコートして立たせ歩かせ、カールは後ろから、私の匂いを嗅ぎつつついてくる。

アレキサンダー様……案外押しが強い。

「こいつは私の親友カールだ。カール、立ち上がると君よりも大きいんだけど、怖くないみたいだね」

……これほどの大型犬、若い女性は驚くところだった。またしてもしくじった。

「うちの実家、田舎でして……家畜も動物もいっぱいなので、慣れています」

「そうか……よかった。カールが怯えられると、飼い主としてやっぱり傷つく」

「動物好きなんですか？」

「好きだよ。私もたいていの動物からは好かれるタイプだと思う。でも先日は久々に仲良くなりたかった猫に嫌われた。私だってあのおやつを自分の手で食べさせたかったのに。どうも私の顔は威圧的なようだ」

それ……ひょっとしなくても私じゃないだろうか？　え、好かれたかったの？　マリー様へのアピール関係なしに？

「それにしても、ちょっとおかしな猫だったな。顔は赤ちゃんっぽいけど、体の大きさは成猫で、でもずんぐりむっくりっていうか、脚が太いっていうか」

ずんぐりむっくり……ね。かなり無礼な発言だけれど、カールを親友と言ったことに免じて許すことにする。

それにしてもカールがいるとしても公爵令息がこんなに無防備に歩いて大丈夫なの？　と思ったとき、サラリと視線を感知した。護衛がキチンと適度な距離を保ちついている。猫（偽）だったら振り向いて顔を覚えるのに。

徐々に賑《にぎ》やかになってきた通りを歩き本屋に到着すると、カールは先ほど同様、入り口でお座りの体勢になった。完璧に訓練されている。我が領の本能のまま放牧状態の動物たちとは似ても似つかない。

店内に入り本を物色するあいだ、アレキサンダー様はさすがに私の後ろに張りついたりはしなかった。

私はマリー様が悪戦苦闘していた横笛の指南本や、この国の南部の地理気候が書かれている本を手に取り、私が必要とする情報があるかチラッと立ち読みする。

王宮の図書館から借りられればなんの問題もないのだが、私という人間は王都にいないことになっているし、ヒューイや兄に借りてもらうと、それはそれで「なぜこの人がこの本を?」と探られるかもしれない。

少しでも不自然な行動は避けるのが無難だ。

物色を終え会計に並んだところで合流した。

「刺繡《ししゅう》の図案や流行りの物語を手に取ると思っていたが、違うようだ」

その手の本は既に我が家の図書室にあるので心配ない。

「そういう本が欲しいときもありますよ。ただ、今日は違うのです。ご主人、お会計お願いします。

……うわっ！　お高い……」

予想通りとはいえ懐が痛い。軽くダメージをくらいながら、両手で本を受け取る。ずっしりと重いけれど、アレキサンダー様がいるから、こっそりインベントリ――動物に変身すると荷物を持てないから、空間収納魔法の習得は必須だ――に入れることもできない。

と思っていたら、ふっと腕の中が軽くなった。アレキサンダー様が持ち上げてしまったのだ。

「私が持とう。次はどこへ？」

まだついてくる気なの？　頬が引き攣りそうになる。

にしても、荷物なんて普段公爵令息は持たないでしょうに……公爵夫人の教育の賜物だろうか？

マリー様を預ける上で高得点ではある。

「いえいえ、これ以上ご迷惑をおかけするつもりはありません」

「いや、もう少し君のことを……いや、君の買い物を見てみたい。ダメだろうか？」

彼は正体をバラしていないから、こんな一見つきまといな行為、スパッとはねつけても許される。

が、私は彼の正体を知っている。はねつけたところでその気になれば従者に私をつけさせること
くらい造作もないのだ。

尾行されるくらいなら真横でこの行動の意図を探りたいし、私の大事な大事なマリー様の夫に相
応しい人間か、見極めたい気もする。むむむ、悩ましい。

「初対面の女性相手に、かなり不審ですよ？」

「この私が不審……？」

アレキサンダー様はこれ以上ないくらい、目を見開いた。これまでの人生、不審者扱いされたこ
とはないのだろう。

私ははあとため息を吐き、一旦詮索するのを保留にした。私の休日は短く、一分一秒大事なもの

だ。彼にばかり頭を悩ませている暇はない。

それにマリー様とこの人がこのまま婚約者であるならば、いつか身バレするのだ。そのときに態度が悪かったと責められたくはない。いざというときはお手洗いの窓から逃げよう。

「はあ。次は雑貨屋さんに行きます。目的ないからこそ長い買い物になる予定ですが？」

「あ、ああ。わかった。確かに私の行動は不審だよね。でもこんな機会、次にいつくるかわからないから……受け入れてくれてありがとう」

「ワン！」

賢いカールが飼い主の応援のようにキラキラした目で私を見上げるので、そのいじらしさにアゴをムニムニと揉《も》んでやった。

侍女の皆様が雑談の中でオススメしていた雑貨屋は、五分ほど歩くと見つかった。路地に入っているし、建物も古いから貴族は入り込みそうにない。でも貧乏領地基準では上等の店に入るので、私は躊躇なくドアを開ける。

ドアを押さえていると、恐る恐るアレキサンダー様も入ってきた。

「わあ、可愛い！」

室内は意外にもパステルカラーが溢《あふ》れていた。身につけるには勇気がいるけれど、小物で持つには元気が出そうなピンクや水色、白みの強いグリーン。

このグリーンは、我が一族の瞳に少し似ている。みんなでお揃いで持つのもいい。

「このハンカチ、おいくらですか？」

店員に尋ねると、すかさず返事が来た。

「四百ゴールドだよ」

「よし買おう！　全部で五枚、ヒューも入れるか。あ、このリボン可愛い。香水瓶の柄はおしゃれだわ。姉様に似合いそう。あ、こっちは……もっと可愛い！」

「どんな柄？　ね、猫？」

私が本当に猫姿だったらこうだろうと思われる、茶トラの猫柄だ。

「猫の何が悪いのでしょう？」

「いや……さっき話してた猫がまさしくそんな様子でさ。私を真正面から睨みつけてくるんだ。ケンカを売られてる感じ？」

「……気にしすぎですよ。猫もそんなに暇じゃない」

「猫の気持ちがわかるのか？　そうだといいけど」

猫柄のこのリボン、きっとマリー様ならば喜んでくれる。お渡ししたい。でも、私は猫（偽）なわけで、プレゼントできない。残念だ。私はそっと棚に戻した。

「気に入ったのに買わないのか？」

「猫ちゃん可愛いけれど、香水瓶のほうを買います。姉のイメージなので」

「ふーん」

肩越しに覗き込まれる。

「君の家族は……そういう小さなプレゼントを贈り合うの？　なんでもない日に？」

「そうですね。面白いものと出会って、互いに負担にならないものであれば。店員さん、これも追加で！」

アボット家は誕生日に全員揃うことなんてない一族だ。プレゼントはしたいときにする。後悔……しないように。

「今日のその……ガイドの礼にプレゼントしたいんだけど、何か気に入ったものはない？」

ガイドと言われ確かにと思う。お礼を言いだすのも常識的だ。でも、マリー様の婚約者からマリー様を介さずに物をもらうのはまずい。

「んー、お気持ちだけで」

私が支払い終わると、アレキサンダー様は今度の買い物も先ほど買った本の入った袋に入れて、店の外に出た。

「あの、オーナー？　そろそろ荷物を返してほしいのですけれど」

「まだ時間はあるだろう？　あと一軒だけでいいから私を付き合わせてよ」

私はもう、隠す努力もせずに大きいため息を吐いた。

「次は私、甘いものを食べに行く予定なんですが」

「それは、庶民に人気の店ということか？」

「どうでしょう？　私も職場の先輩の噂を聞いただけで、初めてのお店なので」

「そこまで一緒に行く。そこは今の私に本当に必要な情報がありそうだ。直感を信じて君についてきてよかった」

「嫌です」

もう、アレキサンダー様を高位貴族と思うのはやめた。私が顔を顰めてそう言うと、彼は逆になぜかクスクス笑った。その顔は案外若くて可愛くて……これまでにない砕けた、柔らかな表情に、うっかりときめきそうになった。


「わあ、可愛らしいお店！」

「これは……男だけでは入りづらいな」

少し汗をかきながら十五分ほど歩いて辿《たど》り着いた店は、白い壁にクリーム色の屋根、明るいピンクの入り口だった。

「じゃあさようなら。お帰りはあちらです」

「いや、付き合わせてくれ！　絶対行く！」

アレキサンダー様は決意表明ののち、私をエスコートしつつドアを開けた。当然カップル席に案内され、私はいろいろ諦めた。もう、食いに走ろう。

「パウンドケーキが評判らしいですよ。バターよりもミルクたっぷりで、従来のものよりも軽い口当たりだそうです。私はそれにクリームとフルーツが載った、この欲張りプレートを頼みます」

「じゃあ私もそれを」

客の大半がそれを注文するようで、待つ間もなくそれは私たちのテーブルにやってきた。

「あ、美味しい。口の中で溶ける。どれだけでも食べられちゃう」

日々のおやつのカリカリも美味しいけれど、繰り返すが飽きるのだ。お兄様たちはどうしているんだろうか……って、兄と従兄弟は主に姿を晒《さら》しているから、私よりも自由に人の食べ物を食しているのだった。

私もいつか、マリー様に正体を明かせるだろうか？　一緒におやつをつまんだりできるだろうか？

「えっと、なんでしょう？」

ぼんやり考え事をしつつ、口を動かし味わっていると、アレキサンダー様に見つめられていた。

「いや……こんなに食べることに集中する相手と食事するのは初めてだ。ここまで放っておかれるのもね」

「それ、単にいい友達がいないだけではないですか？」

「まあそうかもね。いるにはいるが、その……友人も忙しくてこうしてカフェに来ることなんてできない」

「ふーん」

友人とは学院の仲間のことだろうか？　私は顔バレを避けるためにも行けなかったし、社交にも出ていない。だから友人なんて王都にいない。つまり少し羨ましい。

「仲のいい友は忙しく、暇で親しくない相手に限って、ペラペラと自分のことばかり話して売り込んでくる。プレゼントも自分の趣味を押しつけたものばかり。礼儀上礼を言えば、私の瞳の色の宝石が欲しいとか言いだす始末」

おっと、友人とは女性のこと？　イラついて見えるけれど、第三者の私からすれば、

「オーナー、それ、モテ自慢ですか？」

「事実だよ」

「へー」

私はどこまでも適当な返事をして、クリームをケーキに塗ることに専念した。

「なあ……少し私の話を語ってもいいだろうか？」

「食べながらでよければどうぞ～」

これまで私の要望を何一つ聞いてくれなかったのに、何を今さら。

「……さっきの私の店はね、私の故郷で数年前に起こった災害で、働き手だった夫や父親を失った女性たちの、雇用の場として作ったんだ」

「……そうだったのですか」

思わず、フォークを口に運ぶのを止めて、キチンとアレキサンダー様に向けて姿勢を正す。

公爵領の天災、知らなかった。マリー様が将来嫁ぐ場所の話だ。あとでヒューイに頼んで資料を取り寄せてもらおう。

「いや、食べててくれ。そのほうが話しやすい。……とにかく私は正直なところ、店の運営をあまり心配していなかったんだ。でも、客が入らない。立地なのか、値段なのか、味なのか、全体の雰囲気なのか……。でもいつまでも、こちらの資金を持ち出していては自立できない。他にも早急に金を使うべき案件はあるしね」

あの店の運営資金など、公爵家からすれば端金だろう。でも、客の来ない店が存続していくのはおかしいし、それでは彼女たちの心が健康でなくなる。そういうことを心配していたということ？　この方は思ったよりも人間味のある人のようだ。

「そんな今日、いつも不安そうな顔をした従業員たちが、ソワソワと期待した顔でただ一人の客の君が食べるのを見守っている姿を見て、焦燥に駆られたっていうか、なんとかしなければって思って。君なら参考になる何かを示してくれるのではないかと、無理を言ってる自覚はあったけれど突発的についてきたわけ。それにその……君にはとても興味を引かれたし」

「いやいや、そんな大事なこと私にわかるわけないでしょ？」

彼の案外深刻な話に、慌てて手を横に振る。

「そうかな？　君は私が店のオーナーだと言っても眉一つ動かさないし、金の匂いになびきもしない。だが、私の話を冗談だとも思ってない。適当にいなしながらも本当の話として耳を傾けてくれている。普段の私の周囲にもなかなかいないほど理性的だ。君の意見は間違いなく参考になると思う」

彼の店は新築ではないものの極端に古くもなく、室内もまあまあ広かった。そこのお店のオーナーである人間に対する対応で、私は初手からミスしたってこと？　心の中で舌打ちする。

庶民なら、間違いなくお金持ちであるオーナーに取り入るか、若造がオーナーのはずはないと笑い飛ばすところだったのかもしれない。

そもそも私は彼が食堂のオーナーどころか雲上人もどきであることを知ってるし、なぜ公爵令息がこんなところにいるの？　早いところ逃げよう！　と思っていただけなのだ。裏目に出た。

「あの店の女性は、子や親を抱えつつ、全く親族の助けを得られない孤独な人たちでね、彼女たちを自立させたい。出資をケチってるわけではないんだ。自立しないと彼女たちはきっと、本当の意味で笑えない。前を向いて自信を持って生きることで、あの日の悲しみが少しずつ昇華できるんじゃないかって思うんだ」

……心であれこれ悪態をついていたことを、懺悔《ざんげ》したい。アレキサンダー様の話はひたすら真剣なものだった。

もし、私のアボット領が災害に見舞われたら、私はアレキサンダー様のように自ら動けるだろうか？

「女性たちが悲しみに沈んでいると、その子どもたちはね、泣くのを我慢して、母親の背をさするんだ。そんな光景、これ以上見たくなくてあの店を作ってみたけど……そもそもあの店の数人だけ救っても、たかが知れてるけど……」

アレキサンダー様は自嘲気味にそう言うと、お茶に砂糖を少し入れ、スプーンでくるくるとかき混ぜた。

全員が救えないのは仕方ない。でも、やがて領主になるアレキサンダー様がこうして悩み、動き、サンプルを得ることは、将来にきっと繋がるんじゃないかな……なんて、大した社会経験のない私が言っても説得力などない。貧乏経験ならアレキサンダー様よりあるけれど。

でも、彼は誰かに吐き出したくて、私がただの庶民ではないと勘づいていて、そんな私を選んだ。

「こうしてたまたま人気の飲食店に連れてきてもらえたのはラッキーだったよ。ことうちの店を例にしながら、何か思うところがあれば教えてほしい」

私が猫（偽）だともバレてないし、一応、私の考えを絞り出して伝えてみよう。

「……素人意見ですが、誰からも愛される店って、素晴らしい外装内装で、食材も最高級で、美味しくて、安い、従業員も洗練されていて多い、ってことだと思うのです。それはとってもお金がかかり、儲《もう》からない」

「まあ、そうだよね」

「だから、客層を絞るべきだと思います。庶民向けか富裕層向けか、おしゃれに敏感な若者向けか、働く人のための食事か？　めちゃくちゃ儲からなくても、先ほどの従業員たちが健康的に生きていけるだけの儲けがあればいいでしょう？　ひとまずは」

「うん……君はどの対象の店がいいと思う？」

「さあ？」

「さあって」

アレキサンダー様があからさまにガッカリした声を出す。

「だって、人には向き不向きがあるでしょう？　仕事ならば不向きでも全力を尽くしますが、向いているもののほうが、成果に繫がるでしょうね」

「そうだな」

「たとえば、あなたの従業員さんは、このお店で実力を発揮できそうですか？」

アレキサンダー様は、窓の向こうのちょうど盛りを迎えたバラや、ファンシーなピンクと白の内装の店内をぐるりと見回して、首を傾げた。

「……微妙だ」

私もそう思う。

「従業員さんと、しっかり話してみては？」

公爵令息が平民の従業員と直接話すなんてありえないけれど、私は知らないことになってるから、知らない。

アレキサンダー様はティーカップを持ち上げながら苦笑した。

「たった十人を、幸せにすることがこれほど難しいとは……」

「たった十人には、先ほど言っていたように年老いた親や子どもなど家族が四人くらいはいるでしょう？　だから、その十人を幸せにしたら、五十人を幸せにすることと一緒です。そして、飲食店は食べた人も幸せになります。オーナー、頑張って」

いっぱい話した私も、お茶を一服した。

「ははは、私を口説くのではなく突き放すように応援とは。頑張って、なんて初めて言われた」

「私は今、仕事に生きていますので、モテ自慢はよそでしてください」

「そう言うなよ。君はいい話し相手だ」

アレキサンダー様はそう言うと、自分のパウンドケーキを一枚、私のお皿に移した。

「アドバイスのお礼だ」

「安い！　オーナーのくせに」

「ははっ。そうだ、オーナーはやめてよ。アレクって呼んで？」

「アレ……ク？」

アレクはアレックス同様に、アレキサンダーの略称だ。この王都にアレクと呼ばれる人間は山ほどいるだろうから、簡単に本当の略称を教えてくれたに違いない。

でも、マリー様もヒューイもマークス殿下も、彼のことはアレックスと呼んでいた。敢えてかぶらない呼び名をってこと？

「そうアレク。君はなんと呼べばいい」

「もう会うことないと思いますが」

「私の店に来てくれないの？　従業員たちがっかりするだろうなあ、あのお客様にまで、見捨てられたって」

「ぐっ……」

早くも私が押しに弱いことがバレている⁉

「教えて？」

「……ミアです」

とっさに本名を渡してしまった。だってミアってもじりようがないのだもの。ミイもミーも変身姿を連想させちゃうし。

「ミア。可愛い名前だね」

アレクは目を細めて笑った。

◇◇◇

「ミイ、聞いて？　昨日ねえ、ジル兄様の鳥さんと仲良くなったのよ！　ケーブって名前なの」

休日が明け、澄ました顔でマリー様の部屋に出勤すると、マリー様にあっという間に捕獲され、待ってましたとばかりに昨日の出来事を報告された。

「ケーブってばねえ、すっごく賢いの。ジル兄様が『なんでもできるからお願いしてごらん？』って言うから、私、『一緒に歌いましょう』ってお願いしたの。するとね、私の歌に合わせてピィーピィーって鳴いたのよ」

「にゃあ？」

マリー様に合わせて歌った？　大鷲なのに？　可愛い妹を退屈させないためとはいえ、王太子殿下ってばなんて無茶振りを……。いや、側近である兄をおちょくった確率が高いかも。

「つまり鳥さんと仲良くなれたんだ。よかったあ。ジル兄様はね、ケーブの足に掴まえてもらってお空を飛んだことがあるんだって」

「にゃにゃっ？」

……それは何か危険が迫って緊急脱出を図ったときのことではないだろうか？　王太子殿下と兄もなかなかスリリングな日々を送っているらしい。

「私もミイと、二人で特別なお出かけをしたいなあ」

「……にゃん」

いつか……いつか、この変身姿が本当はライオンだと明かせたら、あなたを背に乗せて、草原を風を切るように走ってあげます。マリー様。

私は約束の意味を込めて、マリー様の頬をペロリと舐めた。

「そういえば、アレックス兄様って、ジル兄様のお仕事のお手伝いもしているんですって。昨日はお休みだったけど、『アレックスがいないから、仕事がはかどらない～』ってジル兄様が嘆いていたわ。アレックス兄様ってば、ジル兄様には厳しいんですって。あんなに優しいのに信じられないね」

アレクの話題になり、猫？　の体をビクッとさせた。

アレクはマリー様を前にしたときは穏やかなお兄さんだし、王太子殿下と一緒のときには仕事に厳しいクールな同僚になるのは想像できる。

でも昨日の彼は、不器用な強引さで私の買い物についてきて、年相応に悩み、苦悩する姿を見せてくれた。

私しか知らない、アレクだ。

「ミイは昨日、何をしていたの？」

アレクと……あなたの婚約者と会っていましたとは、なんとなく言いにくい。それが偶然であっても。私は思わずマリー様から顔を背けてしまった。

「マークス兄様が言ってたように、お母さんに会いに行ってたの？　それで、また離れて寂しくなっちゃった？　よしよし、ミイには私がいるからねー」

そう言ってマリー様は赤ちゃんをあやすように、私を抱いたままユラユラ揺れた。

「ミイ、帰ってきてくれてありがとう。だーいすき」

……私だって！

「にゃにゃにゃにゃーん」

◇◇◇

その後も休みのたびに、アレクの……ゾマノ公爵家支援の食堂に通ってみた。結局気になるのだ。

あとから聞けば、店の名前は『スプーン亭』。確かに店の前の営業中の看板には、大きなスプーンが描かれていた。

ちなみに公爵家との繋がりは従業員以外には公にされておらず、その従業員にもアレクが公爵家嫡男であるとは教えていないようだ。双方の話しぶりを見るに、彼女たちはアレクのことを公爵家の使用人と思っている。おそらく彼女たちを萎縮させてしまわないように、という配慮だ。

それは言えている。伯爵令嬢の私だって、公爵令息は王族に次いで雲上人で、会う機会なんて本来はないはずだった。

「あ、ミアさん、いらっしゃいませ！」

「こんにちは」

店内を見渡すと、遅い昼食を取っている客が二組いる。それぞれ満足げな様子。

どうやら庶民向きの手頃で気軽な食事を提供する店に方向が固まったようだ。お酒の提供はなく、そのため朝は早いけれど夕方には閉まる。

それがうまく転がるかはわからないけれど、他の店と住み分けて、是非生き延びてほしい。

窓際の席に座りながら、注文する。

「今日の日替わりはまだありますか？」

「お肉は売り切れちゃってて、お魚はチューモのフライになります」

初日から私に声をかけてくれたこの女性は、フロアで接客がメインのユリア。彼女は二十代で、二つになる子どもを育てているそうだ。私より十歳ほど年上なだけの女性が頑張っている。厨房の中も似たような境遇の女性が多いと聞いた。

どこで食べても一緒なら、ここで食べようと思うのが普通だろう。ちゃんと美味しいのだから。

それに、行きつけのお店があるっていうのは、ちょっとかっこいい。

「お魚も大好き。チューモって白身のお魚だったよね。それでよろしく」

だって猫（偽）だもの。

「かしこまりました。お魚一つ、お願いしまーす」

「お魚一つ、ありがとうございます～」

厨房の中から復唱された。

ユリアの背中を追い、厨房の様子を見る。中にいる女性たちは、ユリアの他に今日は四人。ピークを越えたからか少し疲れた顔なものの、皆ニコニコ笑っている。儲けがどれほどかわからないけれど、お肉が売り切れるほど忙しいことはいいことだ。

窓に視線を移し、夏の青い空を眺める。

今日のマリー様は午後から王妃様と王妃様のご実家であるメリノ侯爵家にお忍びでお出かけだ。侯爵家のおじい様とおばあ様も、マリー様を目に入れても痛くないほど可愛がっているらしい。たくさん甘えてきてほしい。

未《いま》だ、マリー様の誘拐事件は完全解決していない。長引けば長引くほど、王宮内はピリピリとしてくる。私も気が休まらない。

はあ、と小さなため息を吐いたところで、足音が近づいた。

「ミアさん、お疲れですねえ。仕事上がりですか？」

そう言いながら、テーブルにほかほかのプレートをセットしてくれるユリア。すっかり私の名前も知れ渡ってしまった。

「うん。なかなか思うようにいかなくって」

「わかります。仕事ってなんであれ大変ですよね」

私は大きく頷きながらフォークを取り、一口大の魚を一切れ、パクッと食べた。

「熱っ！　あ、美味しーい」

「ふふふ」

「ん？　どうしたのユリアさん？」

「大変なこともあるけれど、ミアさんが美味しーいって食べてくれるの見たら、疲れも吹っ飛びます」

そう言われて、私の脳裏にマリー様が「重ーい」と言いながら、ニコニコ笑って私を抱き上げる様子を思い出した。

「……うん。よくわかる」

マリー様の笑顔を見ることができれば、私の苦労は報われる。ふふっと笑って今度は付け合わせのピーマンをフォークで突き刺していると、ユリアがポンと手を叩いて、エプロンのポケットをゴソゴソと探った。

「あったあった。ミアさん、オーナーから手紙預かってます」

「えー！」

私はちょっとのけぞりながら、手紙をつまみ上げて受け取る。軽く糊付《のりづ》けされた封を開けて便箋を取り出した。公爵令息にぴったりな、流麗な文字が連なっていた。

『ミア、元気かい？　この『スプーン亭』もようやく軌道に乗ってきたよ。まだ採算は取れないけれど、従業員の顔が以前よりずっと明るくなった。また相談に乗ってほしいんだけれど、いつか都合のつく日はないかな？　店に手紙を残してくれるとありがたい。アレク』

「ふーん」

そう言いつつ手紙をたたみ、封筒に戻す。軌道に乗ったのなら何よりだ。

「ミアさん」

「ん？」

「ミアさん、そのレリック体のお手紙、読めるのですか？」

「…………」

……またしても嵌《は》められた。

我が国の文字は二種類ある。一つはこのレリック体。古い、少し複雑な文字で、ペンを区切らずツラツラと続けて書く。

それが訓練されなければ読みづらいということで、現在では通称略字体のほうが一般的なのだ。庶民は略字体さえ読み書きできれば、生活に支障はない。支障があるのは王家との間の手続きでレリック体が必要な……貴族だけだ。

「……仕事で必要で、覚えたの」

「あー、だから本が買えるほど高給なんですね！　それはくたびれるお仕事ですね。ご立派です！」

「あ、ありがとう。ははは」

ユリアが人を疑わない無邪気な人でよかった。

でも、ユリアは悪気なく私との今のやり取りをアレクに話すだろうから、私が貴族だとバレるのも時間の問題だ。……全く腹が立つ。

私はことさら丁寧なレリック体で、『予定は未定です』と返事を書いて、ユリアに預けた。

しかし未定だった予定は偶然重なることもあり、アレクと私は数度、スプーン亭で顔を合わせ、朝食をともにしながら店の現状や未来について話し、合間にたわいのない雑談などすることになるのだった。

第四章　あるまじき失態

マリー様が一日の勉強を終え、一息入れている絶妙のタイミングでアレクはたまに顔を出す。

「アレックス兄様！」

「こんにちは、私の素敵なお姫様」

そう言って、明るいガーベラのブーケをお土産に渡し微笑む完璧な貴公子っぷりに、ちょっとむかつく。あなた猫かぶりすぎだろうと！　でもマリー様への態度は確かにこれが百点満点だし、複雑な胸中である。

「ミイもこんにちは。今日はおもちゃを持ってきたよ。ほら！」

私の前にしゃがみこみ、目の前でいわゆる「猫じゃらし」をゆらゆらと動かすアレク。

ほ、本能がそれにパンチしたいと叫んでいるが、それは負けな気分がして必死に我慢する私。

「えー。うちのネコ科の動物たちはみんなこの遊びがお気に入りなのに、なんで乗ってくれないんだ？」

「アレックス兄様のやり方が悪いんじゃないの？　私に貸して？」

アレクから猫じゃらしを受け取ったマリー様もしゃがみ、目をキラキラと輝かせて、私の前でそれをブンブン振り回した。当然私は両前脚で交互に、全開でパンチした。やばい、めっちゃ楽しい！

「あははっ！　ミイってば面白い！」

「嘘だろう？　私のときは無反応だったくせに、なぜ……」

がっくりと肩を落とすアレク。勝った。

◇◇◇

その日、マリー様はワルツのレッスンだった。このダンスホールはマリー様の部屋ではないから日頃から重ねがけしている結界がない。警備は倍の人数だけれど、広い分隙が生まれる。いつもの数倍警戒する。

ウロウロキョロキョロと見回る私は落ち着きがないように見えたようだ。

「ミイ、少しは私を見てよ！」

そう言って少しほっぺたを膨らませるマリー様はカワイイの倍々だ。私だってマリー様をじっくり見てうっとりしていたい。でも、絆されるわけにはいかない。

「ニャオーン」

私は、後ろ髪を引かれる思いで一言返事をすると、再び歩き出す。

「ははは、殿下、猫は気ままなものですよ」

マリー様にワルツのレッスンをしているのは、国王陛下の側付《そば》きの紳士だ。殿下が斡旋《あっせん》したのだから心配いらないだろう。

そこに、ピンッと結界が反応した。よーく知っている気配だ。刺客と別の意味で緊張する。やがて礼儀正しいノックがあり、こちらの侍女が応対する。そして扉が開いた。

「マリー殿下！」

「アレックス兄様！」

ピアノが止まり、マリー様がアレクのもとに弾むように駆け寄ろうとして……ピタッと止まった。

アレクの後ろにはカールが、そしてアレクと同じ世代の側付き男性がついていた。私室じゃないからここまで入り込めた？　婚約者とはいえ、こうゾロゾロ連れてこられるのは困る。マークス殿下に言って、きちっと線引きしてもらわないと。

「アレックス兄様、突然どうしたの？　そして……大きな犬……」

「うん。所用で参内したら、マリー殿下がワルツの特訓中だと聞いて、覗きに来たんだ。この犬はカール。私の弟みたいなものだ。いつも殿下とミイが仲良さそうなのが羨ましくてね。お、おい！

カール!?」

アレクよりも私がびっくりしている。なぜならカールがハッハッと息を吐きながら、私の方に駆けてきたのだ。

「にゃ、にゃんーっ？」

赤ちゃんライオン姿で見るカールは、とにかくデカかった。一言で言えば山だ！　あっという間に捕獲されて、匂いをスンスン嗅がれてジーッと見つめられたあと、ベロッと舐められた。

「にゃっ！」

「ミイが食べられちゃうっ！」

マリー殿下が悲鳴のような声を上げた。

ここで私が怖がる様子を見せると、マリー殿下が犬嫌いになってしまう。それはまずい。将来的にうちの父（黒い犬）が護衛につくこともきっとあるのだから。

私がカチコチに固まって舐められていると、

「ワフ」

とカールは一鳴きして、寝そべった。私を軽く体で囲って。これは……絶対カールには正体がバレた。賢すぎる。カールが喋れなくて幸いだ。

「よかった。殿下、私たちのペットは仲良くなったようです」

「ミイ？　そうなの？」

「な、なあーん？」

マリー様を安心させるように返事をして、カールを見上げると、カールは眠そうな顔をして、器用に前脚で、自分の胸元に私を押し込めた。カールは……私を保護対象な娘認定したようだ。カール、優しい……。

「よかった。ミイと仲良しならカールも良い子ね」

「それにしても、カールのコミュニケーション能力……ミアといいミイといい……完敗だ」

「アレックス兄様？」

「いいえ。私もミイに挨拶しようかと。ミイ、久しぶり。ほら今日は猫が大好きだという魚の干物を持ってきたよ。さあお食べ」

アレクはそう言うと、一口大にちぎった干した魚を手のひらに載せて、もう片方の手で私を招いた。魚は好きだけれど、今はお腹いっぱいだし、そう簡単にアレクに餌付けされたりしない。

私は一瞥《いちべつ》したあと、カールのふわふわな腕の中に再び体を埋めた。

「この干物になびかないのか？　わざわざ領地から取り寄せたのに……」

そう言って肩を落とすアレク。思ったよりも暇人かもしれない。

「コホン、では殿下、ダンスを是非見せてください」

アレクは気持ちも姿勢も立て直し、マリー様に微笑みかけた。

「そんなまだ……ステップが上手にできないの」

「そうなの？　でも、初めからうまい人間なんていないから、心配しないで。私だって七歳のときは足が思い通りに動かず、パートナーの足を踏んでいたよ」

「ええっ？　アレックス兄様が⁉」

そのように穏やかに会話する仲睦《なかむつ》まじい年の差カップルの様子を見ていたダンス講師は、パンと手を叩いて提案した。

「殿下、婚約者であるアレキサンダー様にパートナーをお願いしては？」

例の家庭教師にダンスも厳しく躾《しつ》けられたマリー様は、ダンスに少し臆病だ。ハラハラと様子を見守る。

「……アレックス兄様、お相手してくださる?」

マリー様が勇気を出して、おずおずと右手を差し出した。

「我が姫、もちろんです」

侍女がニッコリ笑ってピアノの伴奏をスタートさせると、マリー様とアレクは優雅におじぎをして手を取り合った。そしてゆっくりとお互いを探りながらステップを踏む。やがてアレクはマリー様のレベルがわかったようで、マリー様が楽しんで踊れる程度、難度を上げた。マリー様は真剣な表情でついていく。

そんなマリー様を傷つけないために、アレクもいつになく真剣な表情だ。身長差分、少しかがんで踊る様子は優しさも滲《にじ》ませて……かっこいい。

スプーン亭で見せる、早口でざっくばらんに話す様子や、私をからかったりする姿からは想像もできない、まるで物語の王子様だ(実際王子様の親戚だけど)。私と住む世界が違うことが、この瞬間身に染みた。

やがてアレクはマリー様を愛しそうに見下ろしながら、くるりと回転させ、マリー様は楽しげに声を上げた。この二人は年の差さえ問題にならなければ、確かになんの障害もない、お似合いの婚約者同士だ。

私はなぜか……居心地が悪くなった。マリー様が一つ、ダンスという困難を克服した喜ばしい場面だというのに、ここにいるのが苦しい。見ていられず視線を外し、護衛にあるまじきことをした自分にショックを受けた。

慌てて視線を戻すと、アレクはマリー様をその腕の中に囲い、完全に守っている。ふと、私はここにいる必要はないんじゃない？　という発想が頭に浮かび、それは一気に膨らんだ。

私が衝動的にカールの腕の中から体をよじって這《は》い出ると、カールも片目を開けて首を傾けてみせ……見逃してくれた。

私は足音を立てずにダンスホールを出た。


二階のダンスホールから、出窓や梁《はり》をジャンプして、屋根に登る。先ほどまでいい天気だったのにすっかり曇ってしまった。日向ぼっこしようと思ったのに。

日の温《ぬく》もりの残った場所を見つけて、丸くなり、目を閉じる。すると、先ほどまで聞いていた音楽と、マリー様とアレクの笑顔で踊るシーンが再生された。

『マリー様、可愛らしかったな……』

そしてアレクも優雅で美しかった。二人には高貴な人間特有のオーラというか、カリスマというか、常人とかけ離れた独特の雰囲気があり、同じ世界に生きている者同士だった。

そんな二人を見ていられず、退出してしまった。

『つまり……妬ましかったんだ。私』

私のお守りする王女と踊れるアレクに。スプーン亭仲間である、私の友人アレクと踊れるマリー様に。ダンスホールで優雅に踊れるお二人に。

それに引き換え、猫である私。いや、猫でもない。（偽）だらけの姿の今の私。

『そんなの……今さらだ』

納得の上、護衛についたはずだった。私の、一族のこの献身を代償に、我が伯爵家は存続し、領民を養えているのだ。

私は、人々に印象を残さぬためにこれまで社交に出たことはない。当然ダンスもしたことがない。

何一つ年頃の娘らしい華やかな行事に参加したことはない。それをそんなものだと受け入れていた。

でも、先ほど二人のダンスする姿を見て……どうして？　という気持ちが湧き起こってしまった。

なぜ、私には好きな相手と……友人とすら踊る機会なんてないのに、お二人は……！　と。

呆然《ぼうぜん》とした。

『……覚悟が足りなかったんだ』

マリー様の護衛の任が光栄だと思っていることに嘘はない。誰かに譲るなど絶対に嫌だ。

でも、マリー様は幼い。マリー様が結婚し護衛の必要がなくなって、お役御免になったときに、私はひとりぼっちの中年になる。

そのときに私が望めば、誰か、秘密が守れる一族の誰かと見合いすることになるだろう。そして、愛はなくとも、誠実に寄り添って生きていくのだ。

そう、物わかりよく納得していたはずなのに……。

『好きでもない相手と、孤独から逃げるような結婚……』

私はマリー様やアレクのように見栄えする容姿ではないけれど、この全ての弱点をカバーする若

さを持つ今が一番、華やいでいることだろう。その一番いい時代を、デートすることもなく、猫の真似をして過ごすのだ。

隣の塔の窓に、ライオン姿の自分が映っている。

『はあ……。くだらない』

私のこの姿は仕事だ。仕事で婚期を逃すことくらい、世間では貴族であれ平民であれよくあることだ。そんなの私だけではない。それに、愛のない結婚が嫌ならば、仕事に生きればいいのだ。

『ミイ、ずっと一緒にいてね』

マリー様がそう言ってくれたのを思い出す。

マリー様はきっと美しく成長する。そんなマリー様にずっとお仕えするのは、楽しそうだ。

でも……マリー様に生涯お仕えするということは、アレクのもとに降嫁したマリー様についていくということ。

仲睦まじい二人のそばでずっと……そんなこと、できるだろうか？　私だけ、年を取らない仮の姿で……いや、これ以上深く考えてはろくなことに……。

不意に結界がピンと引っ張られた。立ち上がりながら、警護真っ最中にラチのあかないことを考えていた自分を叱咤《しった》する。

屋根の上を北に向け走り刺激を感じた建物の裏を覗き込むと、灰色の、頭からつま先まですっぽり隠れるローブを着た不審者が二人、二階のダンスホールを見上げている。

『嘘でしょ……こんなところに……』

この王宮の奥の王族のプライベートスペースで、顔を隠すことは許されていない。見つけ次第拘束していいことになっている。

どこから入り込んだのか……この真昼の時間帯、王族の皆様はほとんどが表の本殿で公務に励んでいらっしゃる。幼いマリー様以外は。つまりこいつらはマリー様狙いだ。

でも、なぜピンポイントでダンスホールそばに？　それもいつもより格段に防御力の落ちた場所……。

『ちょうどモヤモヤイライラしてたのよ』

ひとまずこの鬱憤をこの不審者の排除に注ぎ込もう。

この体では杖も詠唱もないけれど……脳内で最も得意とする魔法陣を描き、対象を凝視して発動する。

『行け』

両目をパチンと瞬きすると同時に漆黒の魔法陣が展開した。一瞬で男たちの周りに黒いモヤが立ち込めそれは人の腕のようになり、彼らの首を絞める。

「うわーっ」

「ど、どこからっ！」

思いの外大きな悲鳴を上げたので、私は火の玉を上空にポンポンと打ち上げた。少なくともヒューには侵入者が来たことが伝わっただろう。
一、二、三、四、五と心でカウントして、術を緩めると、敵はどさっと地面に崩れ落ちた。私の闇の手はたちどころに霧散した。命までは取っていない。尋問しなくてはいけないから。

階下が騒がしくなった。

私は屋根からダンスホールのバルコニーにピョンと飛び降りた。室内を窺うと、アレクがブルブルと体を震わすマリー様を抱きしめて、宥めていた。カールも臨戦態勢になり、二人の前で唸っている。あれはやはり……命じられれば人を殺せる犬だ。

マリー様の部屋ではなかったから防音が完璧ではなくて、怖がらせてしまったようだ。

瞬間、アレクが顔を上げ、殺気全開で窓の外を睨んだ。私が標的ではないものの……ゾクッと体がすくんだ。やはり彼も間違いなく強者《つわもの》だ。そりゃそうだ。国の宝であるマリー様の相手に選ばれた人だもの。

あれだけの気合いでマリー様を守っている。マリー様もアレクに遠慮なく縋っている。

ここに私は不要だ。

外は兵士が集まりはじめた。私はジャンプして本殿に走った。


「不審者を三人も宮殿の奥まで立ち入らせて……近衛も不甲斐ない」

「面目次第もありません」

マークス殿下の執務室に忍び込めば、既に不審者侵入の報はここまで届いていて、殿下は部下にバタバタと指示を出していた。

私が「にゃあ」と一鳴きすると、殿下と殿下の首に巻きついていたヒューはピクリと眉を上げ（ヒューに関してはそう見えた）、殿下はスタスタと歩き、続き部屋のドアを開けてくれた。マークス殿下は私室だけでなく、執務室にも私のための準備をしてくれている。

そこで変身を解き、置いてあった没個性な焦茶のドレスを着て待機していると、ドアがノックされた。

その合図で、私が部屋から出ると、執務室は殿下と人に戻ったヒューイだけになっていた。

「三人……もう一人いたとは気がつきませんでした」

「そうなの？　ミアの闇魔法で三人とも倒れてたけれど……一人重症だったのは、ミアが存在に気がつかず、加減できなかったからってことかな？」

私の闇魔法は他の水や火といったわかりやすい魔法と同じく、狙った一帯に影響がある。三人目の敵も、二人のすぐそばにいたのだろう。

「それはすみませんでした。尋問できそうにないですか？」

「無理だけれど、二人話せる状態だから十分だ。その場で斬られても文句を言えない行為だからね」

殿下はイライラとした様子で、人差し指でコツコツと机を叩く。殿下のクセだ。

「それと殿下、アレキサンダー様が訪問されるとき、どなたまで入室を許可されているのか、はっきりリストにしていただきたいです。今日は大きな犬までホールにやってきました」

「ああ、カールだろう？　よく訓練されてるよね。うん、指示しておくよ」

「でもミア、よく外の刺客に気がついたね。隠蔽魔法のかかったローブを着ていたよ？　ダンスホールは騒がしいし、人間だけでなく犬まで入室してたし、結構な距離があった……」

ヒューイが、私に窺うような視線で問う。一族の者は誤魔化せない。

「……ダンスホールのある北棟の屋上におりましたので、気がつきました」

当然、マークス殿下の表情は険しくなる。

「……なぜ、マリーのそばを離れた？　マリーと常に一緒にいることがミアの任務だ」

叱責を覚悟し、手を両脇でギュッと握り込む。

「アレキサンダー様がいらして、殿下とダンスを始めたから、大丈夫だと判断しました。アレキサンダー様は王家の信頼も厚いので。そして屋根に登り、北棟の手薄な結界に引っかかったので敵に気がつきました」

「ミア、結果的に賊を捕まえたけれど、重大な契約違反だ。陛下にもアボット伯爵にも報告するよ。今日は妹は王妃殿下のそばで過ごさせよう。沙汰があるまで謹慎だ。行け」

「……はい」

マークス殿下は正しい。未熟にも感情に揺さぶられ持ち場を離れた。ただただ情けなく、深く頭を下げ、退出しようとした。

するとヒューイが小声で尋ねた。

「ミア。で、なぜ離れたの？」

一番身近で助け合っている同志に、答えない選択肢などなかった。

「……愚かな嫉妬」

「……殿下たちの楽しげなダンスを見てってこと？　わーお、本当に愚かな理由だった！　でも……僕は学院に通わせてもらってるから、強く言えないかな」

ヒューイは眉を八の字にして、私の肩をポンと叩いた。

◇◇◇

王都の片隅にある、こぢんまりした三階建ての四角い建物に、子ライオンの姿のまま入り込む。

ここは王都のアボット伯爵邸だ。しかし限られた者しか知らない。一族が変身を解き、疲れを癒すための場所だから。

マリー様のもとに入り浸りのために、ほぼ使っていない私の部屋に入り、変身を解く。そして常駐している使用人の作業室を覗くと、父の側近のロイドがいた。彼は家族以外で私たちの秘密を知り、それを絶対に漏らさないと誓っている人間の一人だ。

「おや、ミアお嬢様でしたか。お珍しい」

そんなふうに笑顔で迎えられると、いたたまれない。隠しても秒でバレるので、正直に簡潔に、事態を伝える。

「うん。実は大失態して謹慎なの。数日籠るからよろしくね。父にも伝えてくれる？」

マークス殿下とヒューイからも連絡がいっているだろうけれど、一応、居所をはっきりさせたほうがいいだろう。

「おやおや。かしこまりました。どのような失態かわかりませんし、旦那様からはお叱りを受けることになるのでしょうが……十六歳で、決して失敗を許されぬ王族の護衛を常勤でされているお嬢様のことを、私はよく頑張ってると思いますよ」

「………」

「せっかくです。しっかりとベッドでお休みになってください。攻撃魔法を使われましたか？」

返事をしやすい質問をしてくれるロイド。気遣いが嬉しい。

「うん」

「では夕食はスタミナ重視でお作りして、廊下に置いておきますね」

「ありがとう」

とぼとぼと部屋に戻り入浴すると、悔し涙がポタポタと流れ落ちた。そして謹慎らしくベッドに入る。緊張を解くと、常時張り巡らしている結界や、昼間の闇魔法の疲れがどっと出て、夢も見ずに寝た。

起きたらもう部屋も外も真っ暗で、ランプに火を入れ時計を見ると真夜中だった。

そっと部屋のドアを開けると、すぐ横にお水にパンと茹《ゆ》でた肉、果物が、上に布巾をかけられた状態でワゴンに載っていた。ロイドに感謝しつつ部屋に運び入れ、ベッドに戻ってそれを少しつまむ。

ぼんやりしながらそうしていると、ノックされた。私が起きたことに気がついたようだ。

「どうぞ」

と声をかけると、ロイドではなくて父が入ってきた。

「病人でもないのにベッドで食べるやつがあるか」

「……」

私はゴソゴソとベッドを下りて、食事をテーブルに運び座った。父もその正面に座った。

父が陛下のもとから離れたということは、兄やヒューイに皺寄せがいっている。ますます申し訳ない。

「護衛対象から離れるなんて言語道断だ。よもやこれまでもちょくちょくしていたのではないだろうな」

「いいえ、初めて……です」

これまでマリー様のそばにいることをつらいと思ったことはないのだから。心優しく、子どもらしい柔らかな腕に抱き上げられることは幸せでしかなかった。

「……まあそれを信じるしかない。結局重いペナルティを与えたくともミアの代わりがいない。謹慎は明日一日。明後日《あさって》から王宮に戻りなさい」

「はい」

「そして三カ月間、半額に減俸だ」

「それは……申し訳ありません」

正直なところ、給料は私の手元に入るわけではないから、その罰はピンとこない。しかし私の給金が減れば、領地を運営する母は困り果てるだろう。

「ごめん……母様」

力なく呟けば、目の前からため息が聞こえた。

「……もう、時代にそぐわぬのだろうな」

「え？」

「この護衛の仕方だよ。ケビンと私は伯爵という肩書きを将来背負うために学院には通い、護衛のため半分ほどの出席ではあったが、友人とバカ騒ぎする時間があった。キャシーは学院こそ行っていないが交代要員ということもあり、ミアほど緊張と孤独は味わっていないだろう。まあこれからはわからんが。あれには同い年の従兄弟も二人いるしな。友達とバカ騒ぎする楽しさも知っている」

孤独……その父の言葉はしっくりときた。私の今日爆発した気持ちは嫉妬だけではなかったのだ。

「表の兵士たちがもう少し頑張って王女誘拐の黒幕を捕まえて、王女殿下が兵に護衛されることに怯えなくなったら、ミアの拘束時間はグッと減り、娘らしい休憩もできるようになるだろう」

私は溜《た》めていた息を吐き、首を左右に振った。

「……父様、そう気を遣わなくて大丈夫。私が堪え性がなかっただけだもん。王女殿下をお守りしているのは私だけではなく、皆忠実に働いているというのに。それに……今回の黒幕が捕まったところで、次々とそういう輩《やから》は湧くでしょう？」

マリー様が治癒魔法能力者である限りは。

「もちろん侍女も護衛も王女殿下の周りは忠誠心の厚い者ばかりだ。しかし彼らはその身の上を隠してはいないし、職場にも話の通じる愉快な同僚がいて、きちんと交代で休んでいるんだ。ミアとは比べられない」

「……父様だって」

「私には母様がいるだろう?」

母が……愛する人の支えがあるから、父は耐えられるのか。

「ミア。残念ながら、お前の言うように王女殿下への脅威はなくならないかもしれない。だとしても、変身姿のお前が何十年と殿下のそばにいるのは不自然だ。猫の寿命は長くてせいぜい十五年だし、長生きしたとしても老いる。いつまでも子猫を騙《かた》ったミアがついていることはできない」

変身魔法は鍛えれば私のように大きさは自由に操れるようになるが、年齢は、現実の年齢に引っ張られる。十年経《た》っても私本体はまだ二十六歳だからお祖母《ばあ》さん猫(偽)になることはない。

これが鳥やヘビならば、年の老い方など気づかれにくいけれど、猫はありふれているだけに、子猫と老猫の見分けがついてしまう。

ちなみに鳥やヘビであっても同じ個体がずっとそばにいることを不審に思われたら……すみやかに別の、次に得意な動物に変身するのだ。しかしそれは護衛対象と話し合える間柄――父と陛下のような――に限る。

「ミア、五年だ。五年頑張れ。私が陛下にそう話を通す。五年後、二十一歳になったら……普通の女性に戻そう」

「普通の女性……って?」

「……わからん。母様に聞きなさい」

私がクスッと笑うと、父は体を倒して、テーブル越しに頬にキスをした。おやすみと言って部屋を出たので、静かに窓辺に近づくと、闇の中、漆黒の犬が王宮に向けて疾風《はやて》のように駆けていった。

「父様、かっこいい」

窓枠にもたれながら、その姿が消えるまで見送った。

◇◇◇

翌朝、ロイドに叩き起こされ客間に行くと、むさくるしいおっさんと可愛いお客様が待っていた。

「ミアちゃ……ミアお嬢様」

「コニー！　それにアジームもいらっしゃい！」

なんと【秘密クラブ】仲間がソファーでジュースを飲んでいた。

「ロイドからミアがいよいよ戦闘したって連絡があってな。対策を練るために飛んできた」

「そうなの。ありがとうコニー」

「どういたしまして、ミアちゃん。久しぶりに会えて嬉しいなっ」

ロイドが下がったのでコニーが私を愛称呼びに戻す。ところでなぜ私がコニーに礼を言うかというと、コニーがアジームを連れてきたからだ。コニーの血統魔法は転移魔法なのだ。これは魔法指南役であるアジームも使えない。

血統魔法だからコニーのご先祖様も使っていたのかもしれないが、平民に記録は残っていないのでわからない。

しかし、アジームの推測によると、斬新な魔法を使えるのは転生者である要素が関係している。魔法はより具体的なイメージと成功するという確信が精度を上げる。私のライオンも、化学反応を元にしたようなアジームの多彩な魔法もそうだ。

そしてコニーは前世のアニメのワープシーンを思い出したら転移魔法が発現した。結果的にこうして緊急の移動手段として頼られ、報酬をもらえている。いいことだ。コニーは身寄りがない。

「で、ミア、敵はどんな魔法を使った？」

「敵に気づかれる前に倒したからわからない」

「おいおい、ちょっとは様子を見ろよ。次の対策を立てられないだろ？」

「そういう考えもわかるけれど、この件に関しては私は自分の決断に間違いはないと思ってる」

様子を見ているあいだにマリー様に危険が迫ったらどうする？　人でない姿の私は他の護衛と連携することなどできないのだ。

「それもそうか。まあでも脅威があるとわかったんだ。少し稽古つけてやる。それにしても嫉妬して持ち場離れたって？」

「ヒューイに聞いたの？」

もちろんヒューイの魔法もアジーム仕込みだ。

「既にめいっぱい怒られたあとだろうし、まあ年相応の感情だ。俺からすれば、あまり深く悩まないでいいと思うぞ。成長の証《あかし》だ。次に繋げろ」

「……うん」

アジームはなんのかんの言いつつ私に甘い。その甘さが心に染みる。

「ねえミアちゃん、ココと領地を繋ごうか？　最近ゲートを作れるようになったんだ。前世の映画でそういう場面があったのを思い出したの。いっぱい魔力注ぎ込まないと動かないけど、ミアちゃんや伯爵様なら余裕でしょ？　寂しくなったら帰っておいでよ。短い時間でいいから、ね」

コニー、優秀すぎる。そしてコニーといいマリー様といい、最近の七歳はどうしてこういい子なのだろう。

「コニー、ありがとう」

そう言って両手を広げれば、コニーも私の膝に乗って抱きついてきた。

「うん。寂しい気持ちはわかるもん。でも、私はミアちゃんやアジームがいるから大丈夫」

コニーが健気すぎる。

「よし、急いでフィードバック済ませて、ロイドに許可取ってゲート設置するぞ。そしてみんなで王都に繰り出そうぜ。賢いコニーに旨《うま》いもの、食べさせせなくちゃな」

「アジーム、私一応謹慎中なんだけど」

「普段ライオンなのにバレるわけないだろ。それにもう反省は十分したんだろ？」

私たちは急ピッチで予定を済ませ、ロイドに今若い女性に人気だというカフェに連れていってもらった。キラキラしたケーキを口いっぱい頬張るコニーは、年相応で可愛かった。

さらに、街歩きに相応《ふさわ》しい町民風の服もみんなに見立ててもらえて数枚買い、一枚はコニーとお揃いにしてプレゼントした。ゲートの設置と、私の心を温めてくれたお礼だ。

そんな楽しい外出の帰り道、馬車の中から見たスプーン亭は繁盛しているようだった。それを見て安心して、膝の上でうとうととまどろむコニーに視線を移した。

◇◇◇

翌朝、アジームとコニーは完成した転移ゲートで領地に帰った。

それを見送ったあと、両手で頬をバシンと叩いて気合いを入れた。みんなが私を応援してくれる。私はやれる。マリー様を守る！　離れない！　私は決意を新たに心臓をタップし変身する。

「ミイ！」

私が部屋に現れると、マリー様は着替えも途中というのに駆けてきて、膝をつき私をギュッと抱きしめた。

「ミイ、ミイ、もうどこかに行っちゃったかと思った！」

そう言ったマリー様の金色の瞳から、水晶のような涙がポロポロとこぼれ落ちる。

「おとといね、恐ろしい人たちが来たの。その人たちに襲われて、もう、王宮にいるのが嫌になっちゃって、ミイのお母様のところに帰っちゃったのかって……マークス兄様は、寝坊してるだけだって言ったけど、私、私……」

ああ……幼いマリー様に、たくさん心配をかけてしまった。本当に護衛失格だ。

不意に目の前に、マリー様の艶やかな赤髪を束ねているリボンの端が落ちてきた。

「にゃ……」

そのリボンは初めての休日に見た、非常に庶民的な、王女様には相応しくない、粗い綿織りの茶トラの猫模様だった。

あの日、アレクはあの雑貨店に戻ったのだ。そしてマリー様が喜ぶに違いないとプレゼントした。

私の趣味がいいと思った？　大好きな婚約者であるマリー様に渡せる代物だと選んでくれた？

私を……信じて。

こんな些細《ささい》なことなのに、じわじわ嬉しい。

そしてマリー様も気に入ってくれて……だって無理を言わなきゃ絶対にローラはこんな安っぽいリボン、つけてくれないもの。

マリー様は猫柄のリボンをつけたいと思ってくれるほど、私を慕ってくれているのに、私ってば……バカだ。

「なあーん」

私は甘えた鳴き声で、頭上を何度も見た。

「……何？」

泣き続けるマリー様の頬をペロッと舐めて、また頭上に頭を巡らす。

「ミイ、ひょっとして、おやつが欲しいの？」

「にゃん！」

「も、もう！　食いしんぼうね。ミイってば！」

マリー様は泣き笑いしながら私を地面に下ろして、戸棚に走りカリカリを取り出した。

そしてそこから大きく振りかぶって投げた。

「それーっ！」

「にゃんっ！」

私はジャンプしてカリカリを咥え、二回転して着地した。

「もう一回、それっ！」

「にゃん！」

「ミイだーいすき」

私も大好きです。マリー様。

第五章　当たり前の日常

自分の任務を自覚し、私情を挟む余地がないほどマリー様のことだけを考えて過ごした。たまの休日も、王都の伯爵邸で闇魔法のレベル上げに費やした。

魔法の種類に優劣はないけれど、護衛という任務の立場としては攻撃したのが誰なのかわからないくらい、密やかに痛手を負わせる魔法がいい。

そうして過ごしていると、ロイドが、

「ミア様、今日は私、用事で屋敷を空けます。食事は外で召し上がってください」

「唐突すぎじゃ？」

たまの家人がいる日に予定入れなくてもいいのに……と思いつつ、了解する。

少しずつ涼しくなってきた。せっかく商店街に出るのならば、秋らしい、この庶民風のえんじ色のワンピースに合う、シックな帽子を買おうと昼食には少し早い時間に家を出た。

何軒か回り、キャメル色で小花の飾りがついた、つばの広い帽子を買って、早速かぶって表に出ると、お腹がグゥと鳴った。

どこで食べようか？　と考えたときに、一番に思いつくのはスプーン亭だ。でも、首を横に振る。

先日車窓から眺めた様子を思い出す。

「私が行かなくても大丈夫でしょ。今さら……」

馴染みの店員の顔と最後にアレクの顔が脳裏に浮かんだけれど、それを振り切って、ロイドにオススメだと教えてもらった店を目指して歩く。

しばらく歩くと可愛らしい店に到着した。前アレクとパウンドケーキを食べた店といい、こういう系統の店がブームなの？　水色のファンシーな外壁のこの店に、ロイドは一体誰と来たのやら？

店に入り一人だと言うと珍しそうにじろっと見られて席に案内された。女性一人客は庶民であっても珍しいのだろうか？　ロイドのオススメならば安全だろうし、女性一人でも入れる店というのは売りになると思うのだけど。

そう思いながらメニューを開いて、思わず目を大きく見開いた。

「……わーお」

高い……クリームシチューの値段がスプーン亭の四倍だ。高額だから、庶民の女性一人では入れなかったようだ。

「ロイドってば……」

私が貴族モードで入店すると思ったのだろうか？

思わず財布の中身を確認する。持ち合わせがあったのでホッとして、帽子を脱いだ。

さっさと食べて出ようと、そのシチューとパンとお水を注文し、店内の装飾や人間観察をする。

内装にずいぶんとお金がかけてある。壁にかかったランプがロマンチックで、その下にはもれなくカップルが案内されていた。独り者の私は中央のテーブル席だ。

そんな私の向かいの席からカタッと音がした。シチューが来たのかと自分のテーブルに視線を戻すと、そこには椅子を引いて座るアレクがいた。

「え？」

私が呆然としていると、店員が「お待ち合わせでしたか」とニコニコとやってきて、アレクにメニューを差し出す。

「彼女と同じものを」

アレクはメニューも見ずにそう言って、店員を下げた。

「久しぶりだな」

なぜアレクがここにいるのかわからず、私は慎重に頷くだけにとどめた。

二カ月……いや三カ月ぶりのアレクは少し痩せて、なんというか……大人に背伸びしている学生から、完全な大人に変貌して見えた。黒髪は少し伸びて、邪魔なのかしょっちゅう耳にかけている。よく知っているつもりだった人の、知らなかった一面を見て、少しドギマギしてしまう。

「あの……少し、雰囲気変わりました？」

「ミアもね。ねえ、なんでスプーン亭じゃなくてこの店なの？　やっぱりこういうしゃれた店じゃないと、女の子的には足が向かないわけ？」

アレクは眉間に皺を寄せてそう言うと、長い足を組んだ。

——そんな仕草まで気になってしまう、私。アレクが不機嫌そうにしていると、悪いことをしてしまったのかと少し気が重くなる。

スプーン亭に足が向かなかったのはスプーン亭のせいではなくアレクのせいだ。スプーン亭に罪はない。

いや――アレクのせいというよりも、私の身勝手な嫉妬のせいだったり、そのせいで任務を失敗したことを思い出すのを避けたかったりで……。

私は小さく息を吐いて、言葉を選んだ。

「このお店は……初めて来た。知り合いに薦められて。まだ食べてないから気に入るかどうかはなんとも……。今のところこちらはちょっとおしゃれな気分を味わいたいときに来たいお店？　毎日食べるならスプーン亭がイチオシだと思うけど」

「なるほど。最近は新規開拓中ってわけだ」

私は小さく頷いた。

「……私も休みの日は限られてるし、紹介してもらった店はいろいろあるし、ってだけですが、新規開拓と言われればそうかも」

アレクは水をゴクゴクと飲んだあと、私をジト目で見た……って、公爵令息がジト目なんてしていいの？　でも水色のシャツに黒のパンツという庶民の服装は以前よりも馴染んでいる。お忍びもすっかり様になってきた。彼が高位貴族だとわかっているのはこの店で私だけだろう。

「先日、西の区画のカフェで食事をしているのを見た」

ロイドに連れ出されたときのことだろうか？　ロイドは最近変な使命感に取りつかれ、私をおしゃれさせてあちこち連れ回してくれるのだ。実の父よりも可愛がってくれる叔父的な存在？

こんなに地味な私なんかをよく気がついたな、と思っていると食事がやってきた。ウエイターは私とアレクの前にお皿を並べて、ごゆっくりと言って下がった。

「いただきます」

どう会話を繋げるべきかわからないし、とりあえず温かいうちに食べようと、スプーンを手にシチューを一口食べる。

「美味しい」

ボソッとそう呟いたけれど、この値段で美味しくなかったら逆に問題だよね、とツッコミながらパンもちぎって食べる。

「……確かに」

アレクもそう言って上品に食べてみせる。

「もう、スプーン亭には来ないのか？　先日の紳士には紹介できない店？」

紳士か……確かにロイドは王都暮らしが長いので、田舎者アボットの民の中ではダントツで垢抜《あかぬ》けているかも。

「あのときは彼が美味しい店に連れていくと言ってくれたので、ついていっただけです。次は彼を連れてスプーン亭に行きましょうか？」

私が奢《おご》ると言えば、ロイドは感激して泣きながらついてくる。絶対。想像したらつい笑ってしまった。

「そういうことでは……くそっ。皆、君を待っている。君の表情は正直で、とてもうちの従業員から信頼されているんだ」

スプーン亭の皆の顔が、再び思い浮かぶ。そう言われれば、やっぱりちょっと嬉しい。

「ふふっ、ありがとうございます。でも私のお仕事不定期でして、まあそのうち……」

私は言葉を濁して逃げた。でも従業員の皆様が待っててくれているならば、私が平常心に戻ったとき、ひっそり出かけよう。

すると正面で、カチャッとスプーンを置く音がして、アレクが低い声で尋ねた。

「今日は？」

「え？」

「この後は予定ある？」

とっさに何も思いつけないでいると、

「なら、今から行こう」

「え？　ま、待って。今食事始めたばっかりでしょ。この後スプーン亭に行っても、もう食べられない」

「このシチュー、もう味わったよね？」

アレクが上目遣いでそう尋ねた。

「ま、まあ」

「じゃあ」

アレクは何を思ったのか、私のお皿と自分のお皿を取り替えてしまった！　私の前にはアレクの空のお皿が。

なんでー！　と心の中で絶賛混乱していると、私の半分以上残っていたシチューを彼はパクパクと食べだした。

「嘘でしょ……」

人の……それも異性の食べかけを食べるなんて、貴族にあるまじき行為だ。それも公爵家の嫡子なのだ。

「だって、これを食べたらミアはお腹いっぱいになっちゃうだろう？　でも残すという選択肢はない。じゃあ私が美味しくいただくよ」

アレクはそう言いながら手を伸ばし、私のパンを摑んで、三口くらいで食べ終えた。早っ。このお方、優雅にも早くも食べられるのね……。

「君、チェックを頼む」

「……あ」

私がぼーっとしているうちにアレクはほぼ二人分のランチを食べ終わり、お勘定を終わらせてしまった。

「私があまりに空腹だったから、彼女の分まで食べてしまったよ。ご馳走様」

「仲のおよろしいことで。またおいでくださいませ」

「は？」

完全に、この店員は私とアレクのことを誤解している。アレクはマリー様の婚約者だ。間違いを正したほうがいいか躊躇していると、アレクにグイと手を引かれて外に出た。

その瞬間角からなんの目印もない、でもいかにも高位貴族のお忍びの馬車が現れて、私はアレクに背を押されて乗り込んだ。今日はカールはいなかった。

私は帽子をむぎゅっと握り締めながら、恨めしそうに言う。

「……強引すぎませんか？」

「すまない」

私がモヤモヤしながら車窓から外を眺めていると、あっという間にスプーン亭の手前の十字路に着いた。アレクはさりげなく私をエスコートして降ろした。

こういうところで、出自がバレるとわからないのだろうか？　と思っていると、

「君は非常にエスコートしやすいね」

そう言われて、お互い様なのだと気がついた。


スプーン亭は昼食時間にはだいぶ遅い時間にもかかわらず、席は半分埋まっていた。

「わー繁盛してる」

「おかげさまでね」

「ミアさんっ！」

足を一歩踏み入れた瞬間、ユリアが声をかけて、私の方に早足でやってきた。

「ようやく来てくれた！　オーナー連れてきてくれたのですか？」

「探してくるって言っただろう？」

「え、えっと……」

ただの客になんの用だろう？　戸惑い、腰が引ける。

「ミアさんが来ない間にいろいろ新メニューを考えたのです。それを一番に食べてほしいのはミアさんで、ミアさんがＯＫを出してくれたものを、メニューに加えようと思ってて！」

「ど、どうして私が基準なの？」

「だって、私たち、ミアさんが美味しいって言ってくれるものを作るって決めてるから」

ユリアは私を自然な様子で窓際の広いテーブル席に誘い、座らせた。接客スキルが目覚ましく上がっている。

その向かいにアレクが腰かけた。

「だから、どうして？」

「閑古鳥の鳴いているこの店に誰の紹介でもなくやってきたミアさんの言葉は信じられるし、いろいろ聞いても怒らないってわかっているし……ミアさんは絶対いいとこのお嬢さんだから、そんな人の口に合う料理なら自信を持って出せるし……」

「私の感想が正直だからってこと？　まあ、嘘は言わないけれど……」

この店になんの損得も絡んでいないのだから。

「それに、ミアさん、本当に美味しそうにぱくぱく食べてくれるんだもの」

「……まあ、今のところ食べることしか、私には楽しみがないからね」

寂しい限りだ。あ、マリー様の健やかな成長を見守るというご褒美はある。

「……そうなのか？」

アレクが意外そうに聞く。アレクには可愛い婚約者もいて、学院には友人がいて、カールもいて、楽しいことがいっぱいだから私の気持ちなんてわからない……いや、ひがんじゃダメだ。私は職業人に徹すると決めたんだから。

私がアレクの声を聞こえなかったことにすると、厨房にいた顔馴染みの女性たちが続々と料理の載ったお皿を持ってやってきた。

「ミアさん、今日は目いっぱい試食していってください！　ミアさんが気に入ったら即採用になりますから」

「そうそう、ミアさんはこのスプーン亭の味のご意見番です」

目の前のテーブルは一瞬で料理で埋め尽くされた。野菜の前菜から、肉や魚を焼いた料理に、これからの季節に向けてか煮込み料理まで。

私は慌ててそれを押しとどめようとした。

「待って待って。メニューを決めるのはオーナーでしょう？　それにこんなにいっぱい食べられないわ」

「ここに出された料理は既に私がＯＫを出したものばかりだ。量が多いのであれば一口ずつ食べるといい。残りは私が責任持って食べるよ」

……アレクは有言実行の男だ。私は先ほどのような辱めに遭わないように、ユリアに叫んだ。

「取り皿持ってきて！」

私は全十一種類の料理を全て一口ずつ食べた。それだけでお腹がいっぱいになった。私が取り分けたあとのお皿は、アレクが責任持って平らげていた。豪快にペロリと食べる姿を見て、高位貴族であれ十代後半の男性とは底なしなのだなあ、と変に感心した。

「ぜーんぶとっても美味しいです。ただ、このエビのオイル焼きと牛のテール煮込みは原価がかかりすぎると思います。日々の定食向きではないのではないかと？　あ、味の意見だけでよかったよね。余計なこと言ってごめんなさい」

私がハンカチで口元を押さえながらそう言うと、アレクは首を横に振った。

「徐々に何もかも彼女たちに考えてもらうようにする予定だから、問題ないよ」

「ミアさん、オーナーの言う通り、思ったことなんでも言ってください。それにしても、あ〜美味しくできたと自信があったんですけど……今度からそのへんも考慮に入れなくっちゃ……」

厨房担当の小柄な母世代の女性が肩を落とす。

「ナターシャ、そうガッカリするな。これは定食じゃなくて、貸切のパーティーのときの特別料理にすればいいよ」

「パーティーをここで開けるんですか？」

ご無沙汰している間に、そんな新しい展開になってるとは⁉

「少しずつ常連さんができて、先日そんな一人が婚約パーティーをここでしたいって言ってくれて。

ここなら緊張せずにパーティーできるからって……もちろん他よりも安いっていうのもあるんでしょうけれど」

ナターシャ？　さんは喜びを隠し切れない様子で、そう答えてくれた。

婚約パーティーなんて当事者からしたら、生涯記憶に残る大事なイベントだ。それを頼まれるということはよほど信頼されたということだ。

「よかったですね」

「「はいっ！」」

ご意見番を務める食堂の評判が上がり、その店のみんなが喜んでいる姿を見れば、いろいろ拗《こじ》らせている私だって、嬉しい。


店を出ると、外は夕焼けに包まれていた。当然のようにアレクもついてきた。

「ミア、今日はありがとう。ミアの望むところまで送るよ」

「アレク、月に一度はここに顔を出すって約束する。だからもう心配しないでいいわ、責任感の強いオーナーさん」

私は苦笑しながらそう言った。ここまで望まれているとわかれば、ご意見番の役目、きちんと果たす所存。

すると、アレク様は苦々しい表情になった。

「違う！」

「え？」

「もちろん、君が顔を出せば従業員は喜んで、士気も上がる。でも……」

アレクは私の瞳をじっと覗き込んだ。

「君と話すと、私も嬉しい。私たちは友達になれないだろうか？」

「……正体を明かせぬ同士なのに？」

思いのほか皮肉っぽい言い方になってしまう。アレクは私に領地持ちの貴族、というヒントしか与えていない。そして私のことは、訳アリの貴族の娘と思っているだろう。

「私が卑怯《ひきょう》なことはわかっている。それでも、あの食堂をなんとか盛り立てたいと思っているオーナーでもあることは嘘ではない」

確かに、アレクがオーナーとして頑張っていることはアレクのほんの一面であれ、本物であることに間違いない。

それにアレクが貴族の頂点である公爵家である以上、私がどこの貴族であれそこに身分差が生まれる。それもあって、彼は正体を明かさないのかもしれない。名乗り合えば、私はアレクの命令に従う立場になってしまうから。

「食堂のオーナーのアレクと、友達になってほしい」

そう言われてしまえば、私のほうがよほど不誠実に思える。

私だって、正体も身分も仕事も明かさず、何より、アレクの正体を一方的に知っている。

「私は……自分の出自や住まいを伝えることができないの。この、今関わっている仕事が終わるまでは」

「そんなミステリアスなミアと、友達になりたい」

そうじゃない。でも何も語れない。首をぶんぶんと横に振る。

「ああっ、もう！　つまりアレクのほうが、実は断然不利なのよ」

「え？　ミアが何を言ってるか、さっぱりわからないけれど……後々その理由がわかったとしても、決して君を恨んだりしないと誓う。それでも私が友達になりたかったのだと」

友達、それはとても近くて、平等な関係性。何より気が合わないことには、一緒にいて心地よいと思わないことには申し出るはずがない……と思う。

アレクが私と友達になりたいと願ってくれることが、どうしよう、やっぱり嬉しい。

それに私には家族や同志はいても友達はいない。そう考えるとあまりに悲惨で、ははっと乾いた笑いが出た。

「……友達って、何をするのかな」

「ご飯食べて、お喋りして、好きな本を紹介し合う……かな？」

そんな平凡な……プレッシャーのない時間が……。

この誘惑に……抗《あらが》えない。

「……こないだ買った本、面白かったわ」

「……教えて、ミア」

そう言ってアレクは私に手を差し伸べた。私はその手を取り、握手した。私は結局……弱い。

公爵家は王家と同様に膨大な魔力量を誇る、ゴリゴリの魔法使い一族のはずなのに、握ったその手はガチガチに硬くなった剣だこがあった。

私たちは、友達になった。

ランチして、本を貸し借りするだけならば、きっとマリー様も許してくれるはず……。

◇◇◇

そして私は、いつもと変わらぬ生活をしている。

「おはようミア、報告して」

「……モグモグ……はい、マークス殿下、ゴクン。昨日から今朝にかけてのマリー殿下も最高に可愛らしかったです」

「知ってるよ！」

「昨日は国史学のテストで満点を取り、学院の先生を唸らせておりました」

「はあ～！　私の妹、賢すぎだろう⁉」

「すごい兄バカだな、モグモグ」

「ヒューイ黙れ。そしてそして？」

「アレキサンダー様がお見えになり、アレキサンダー様の大型犬とも友達になって、背中に乗れるようになりました。カワイイにカワイイが乗っかってカワイイが渋滞してつらいです」

「ミア、カワイイ以外の表現増やしたら？」

「あのバカでかい犬に触れることができたのか？　成長したな、マリー……」

冷めたヒューイと対照的に、そっとハンカチで目尻をぬぐうマークス殿下。シスコンが極まっている。

「ということで、昨日殿下がお会いしたのは、学院の先生方二人、婚約者のアレキサンダー様と付き人、犬のカール。毒物混入はなし。魔法攻撃もありませんでした」

「ようやく、落ち着いてきたな。陛下も王妃殿下も安心されるだろう。ミア、引き続きよろしくね」

マークス殿下に頷かれ、一応合格点がもらえていることにホッとした。先日の失態を肝に銘じて頑張るのみだ。

二十一歳に……普通の女性になるまでは。

「あ、それと、これはお伝えすべきかわからないのですが……」

私がそう言いかけると、マークス殿下はこちらに厳しい視線を向けた。

「何？　なんでも報告するのがミアの仕事だよ？　忘れたの!?」

「じゃあ遠慮なく……王妃様付きのセクシー侍女のジャクリーヌ、たまに王妃様の伝令でマリー殿下のもとに来るから知ってるのですが、護衛騎士のハリスとフットマンのキルランと二股かけてます。ハリスがどうやら気づいたみたいで、いずれ修羅場必至です」

「「嘘だろ――‼」」

嘘じゃない。屋上でルーティンの結界チェックをしていると、いろんな宮廷絵巻が見られるのだ。

憧れの女性の真実を知った青年二人が、抱き合って涙を流してるのを横目で見ながら、食後のお茶をいただいた。あー美味しい。

第六章　襲撃

私がマリー様……マリーゴールド殿下の護衛について一年経った。私は十七歳になった。

そしてマリー様は八歳に。少し身長が伸びて、絶世の美女である王妃様と面差しがどんどん似てきた。勉強やマナー習得にも励まれ、文句のつけようもないお姫様である。

でも、

「ミイ〜！」

「にゃ？」

「お母様、今日お戻りになると言っていたのに、三日ほど外遊の日程が延びるんですって……。今夜一緒にお食事できると言っていたのに……」

私を抱きしめたまま、ベッドに上り天蓋を閉め、人知れず泣くマリー様。もう王妃殿下と一カ月ほど会えていない。マリー様は未だ、家族と婚約者と一部の使用人にしか会えない生活を送っている。

たった八歳なのだ。泣くのが当たり前だ。

「にゃあん、にゃあん」

私はペロペロとマリー様のピンク色の頬に流れる、大粒のダイヤモンドのような涙を舐め取る。

どうかこの、我慢強く優しい私のお姫様が、一刻も早く幸せになりますように。


マークス殿下も学院を卒業し、百パーセント公務に励むようになった。ヒューイもそのまま、殿下の書記官として、ときにヘビのヒューとして、ピッタリ張りついている。

殿下は比較的自由のきく第二王子ということで、視察や外遊も多く、朝食会は頻度が激減してしまった。

「え？　マリー泣いてるの？　参ったな……」

久々にお会いしたマークス殿下は、早速頭を抱えた。

それを同情した顔で見つめながら、ヒューイが説明する。

「詳しいことは言えないけれど、マークス殿下は入念な下準備中で、まだまだ王宮の執務室で書類仕事ってわけにもいかないんだ」

「そうですか」

「王太子の結婚準備で当事者の兄上と母上はバタバタしているしね」

そう、このたび順当に、ジルベルク第一王子が正式に王太子であると国内外に周知され、同時に隣国サーフォーゲンの王女様と結婚することが発表された。その話し合いで王妃様自ら隣国に足を運んでいらっしゃる。

正直言うと、王太子殿下はマルルカ国のナナエ王女と結婚すると思っていた。我が国の学院に留学されていたナナエ王女とは同い年で、学院でのお世話役も務めていた王太子殿下。当時、王都を案内し、散策するお二人の様子は大変、それはそれは仲が良さそうだったと田舎にいた私の耳にも届いていた。国益的にも補い合える良縁で、私だけでなく、ほぼ全ての国民がナナエ王女で決まりと思っていた。

国民からすれば、突然のサーフォーゲンとの縁組み、その王女様がどこかでうちのマリー様のジル兄様に一目惚《ぼ》れして（もちろんマリー様の兄だけあって、超美形なのだ）、ゴリ押ししたのか？　よほどのプレゼントを持参すると約束し、マルルカよりもサーフォーゲンと結婚したほうが国のためになると判断されたのか？　などと勘繰ってしまう。

さらにサーフォーゲンの王女様は一日も早く我が国に馴染みたいと前向きなんだとか。だから今、王宮は王太子妃を迎える準備で慌ただしい。

ちなみにその、王太子妃になる王女様は、我がアボットの護衛を断られた。動物の皮をかぶった人間が四六時中そばにいるのは嫌だと、包み隠さずおっしゃったらしい。

まあそんな方もいる。王家も無理強いなどしない。結局は信頼関係が築けなければ無理なのだ。だから、王太子妃につく予定だった、姉キャシーが完全フリーになった。姉は私とマリー様の警護を交代制にしようと言ってくれているらしい。それが叶《かな》えば私もひと息つける。

ただ、マリー様が、姉の狐《きつね》に慣れてくれれば……なのだが。狐は赤ちゃんになっても猫には見えないし、姉の白狐は今の私の三倍は大きいから……でもアレクのとこのカールにはすっかり慣れたし、なんとか仲良くなってほしい。

「ところでミア、これからしばらく注意してほしい」

「ヒューイ、どうしたの？」

「……嫌な感じがする」

ヒューイはヘビだ。ヘビは体全体で、目に見えないものも感知することができる。なんの根拠がなくても、アボット一族にはそれだけで十分だ。

「わかった。……私も最近弛《たる》んでいたかも。もっと感覚を大事にするね」

「そんな漠然とした不安では、我らは対策のしようがないんだけれど……」

王族である殿下が申し訳なさそうに呟いた。

「わかってるよ、マークス」

感覚の判断だけで、大っぴらな警備の強化ができないことくらいわかる。ただ、私たちは父や兄と情報を共有し、緊張して過ごすことになる。

「待って、でも私はちゃんとヒューイを信じてるからね！」

「だからわかってるって」

ヒューイは殿下の額をツンと人差し指で突いて……二人は笑い合った。

もう……この二人、結婚すればいいんじゃないかな？　私は薄ーい目で見ながら、ぬるくなったお茶をゴクゴク飲んだ。

◇◇◇

「と、いうことがあったの」

私はスプーン亭の裏口から出たところにある、狭い中庭の狭いテーブルで、アレクにマークス殿下とヒューイのやり取りを語った（もちろん人物背景内容全てぼんやりと）。

今日も満員御礼のスプーン亭。いつだったか中を覗いてテーブルがなかったため、出ていった私を見咎めて、私専用の簡易テーブルと椅子が準備されてしまった。私が来店すると、いそいそと奥からそれらが中庭に、パラソルとともに設置される。

「こんな特別扱いよくないと思うよ」

「順番を飛ばせば特別扱いになりますが、そうではないので大丈夫でしょう」

ユリアがキッパリ言い切った。そう言われれば、そうかなあ？

そしてそこにアレクがやってきたら、狭いテーブルは料理で溢れ、肩を寄せ合って食べることになる。

「同僚の二人がイチャイチャしてるのが見ていられないと。ミア、君の仕事に支障ないなら、余計なお世話はやめなさい」

「アレクの助言はもっともすぎる。遊びが足りない。どんどん煽《あお》っていかなきゃつまんない。ねーカール？」

「ワフ！」

私がそう言って、カールとイチャイチャすると、アレクはショックを受けた顔をした。

「どうせ私は、真面目だけが取り柄の、クソつまらない男だよ」

「あー私、そんなこと一言も言ってないのに〜めんどくさいなあ」

「わん」

私は今日のランチの鴨《かも》のローストを一切れ、カールは骨付きローストチキンを一切れ、友達に差し出した。

「……私に食べ物を恵んでくれる友達は、ミアとカールくらいだよ」

アレクは苦笑しながら、カールの皿にチキンを戻し、鴨は一口でパクッと食べた。

そう、私たちは友達だ。お互いにこのスプーン亭の味と、カールと、読んだ本と、ぼんやりとしたグチをこぼし合う友達。出会って一年以上になるが、アレクは私に何も踏み込んだ質問をしてこない。その絶妙な匙《さじ》加減は賢さを滲み出させる。

「私も春から新生活入ってなかなか大変だよ。ミアのようにイライラすることなんてしょっちゅうだ」

マークス殿下とヒューイと同級生のアレクもまた学院を卒業し、公爵家の嫡男として本格的に領政に関わり、高位貴族の義務である貴族院のメンバーとして国の行末を裁決し、王太子殿下の側近として細かいことまでサポートしている。

目の回るような忙しさのようで、一カ月前よりも少し痩せてしまった。少しやつれた姿もまた、大人になった雰囲気を醸し出していて……ほんの少しドキドキする。

「アレクも何か気分転換したら？　こないだ貸してもらった本もミステリーで、結構ストレス溜まったよ。もっと朗らかなやつを選べばいいのに」

「あの作者、うちの上司のオススメだったんだけどなー。若い女性には不評だったと伝えておくよ」

上司というのは王太子殿下だったりして？　それとも陛下？　ほっぺたが自然と引き攣るのは仕方ないよね？

「今のところ私のストレス解消は、とっても愛らしい……妹のような親族に会いに行くことと、ミアとこうしてスプーン亭のメニューを開発することだな」

とっても愛らしい……うん、マリー様は世界一愛らしい。異議なし。

「そうそう、前も話したことあったかな？　その大事な人に会いに行くと、とってもつれない猫がいてね。侍女にも、カールにも親しげにすり寄ってくるのに、私にだけ塩対応なんだ。腹が立つ。なんとしても懐かせて、膝の上に抱き上げたい！」

「……へー」

日々忙しいアレクがマリー様に会いに来るのは、最近は十日に一度くらいだ。マリー様の話を真剣に目を見つめて聞き、頭を撫でて励まして、マリー様の淹れるお茶を世界一美味しいと言う接し方から、アレクも私と同じくらいマリー様を愛しているのがわかる。

私は前回の失敗を糧にして、決して部屋を出ることなく、神経を研ぎ澄ませて、あらゆる危険に備える。

カールはそんな私の横にノソノソとやってきて、ぺろりと私の全身を舐めるとぐるっと私を囲って寝転んでくれる。まるで作業中の私を守るように、私が孤独に落ちないように……人間よりも賢い子だ。

『はあ。今日も殿下のミイは私に寄りつきもしません』

『だからアレックス兄様、猫はきまぐれなのです。それとも……兄様何か、ミイが嫌いなことをしたのでは？』

『私は殿下と一緒のときにしかミイに会っていません。これまで何もおかしなことはしていないでしょう？　あ、カール！　お前はいつのまに！』

『ふふっ、だーいすきなミイとカールが仲良くて、私は嬉しい』

警護中の耳に入る、二人の穏やかな会話を聞いて、ああ、好きだな、と思う。二人のゆったりとした雰囲気も、マリー様、アレク、それぞれ単体でも。

そして今日のように、いつもきっちりセットしている髪を無造作にして、よそで見せないウンザリした顔をして、私と料理をシェアする様子も、好きだと思う。可愛いな、なんて。

そう、結局私は、アレクを好きになってしまった。よりによって護衛対象であるマリーゴールド王女殿下の婚約者であるアレキサンダー・ゾマノ公爵令息を。全く自分にがっかりだ。

でも、私と同じくらいマリー様を大好きで、定期的に会ってくれて、それって私のことを友人としてでも気に入ってくれてるってことで、決して私の嫌がることはしないで、そんなマリー様と私への気遣いを見せながら、裏ではきちっと自分の役割を果たしている男性を……好きにならないわけがない。

自覚してしまえば、もう転がり落ちるだけだ。目の前の料理を美味しそうに食べる姿も、従業員にさりげなく彼女らの子どもの体調を聞くところも、卸業者から届いた食材を重いからと進んで納戸に運ぶところも、カールを優しくブラッシングするところも、全部全部好ましい。

たった一人しかいない、親族ではない身近な存在だからって、あまりにも簡単に恋に落ちすぎじゃないの？　と自分でもさんざんツッコんだ。でも、もう自分の想《おも》いを否定するのは疲れてしまった。

ただ、この想いは誰にも言わず棺桶まで持っていく。それならば誰にも迷惑をかけないし、許されるでしょう？

「ミア、ボーッとしてるけど、トマト煮込みは苦手だった？」

「いえ、……大好きです」

トマトで真っ赤な深皿を引き取ろうとするアレクの手を押しとどめ、自分の前に戻す。

その手を見て……あのときなぜ、友達になると握手をしてしまったのかと自問する。あれがきっかけで自分を追い込む結果になった。失敗だ。

でも、学院にも行かなかったのに、私はここで恋を学んだ。前世の私もこんな胸がギュッと締めつけられるような経験はしたことなかった。青春だ。十分だ。

自分で選んだ道。後悔なんて、絶対にしないのだ。

◇◇◇

ジルベルク王太子殿下と隣国サーフォーゲンのフレスカ第二王女の婚約と、半年後の婚礼が公式に発表された。

国中が慶事に沸き立ち、王宮の中もどことなく浮き足立っている。

「こんなときが一番気が緩むものだ。ヒューイの助言もある。皆、今一度気を引き締めるように」

と父から連絡があった。私も漠然とした不安を感じ、ピリピリと過ごしている。

「ねえミイ、私、新しいお姉様と仲良くできるかしら?」

「……なあん」

マリー様は未だごく限られた人間としか交流できない環境にいる。新しく王家の一員になるフレスカ王女と仲良くなりたいと思うのは必然だろう。同じ女性、王女という立場ならではの打ち明け話など、したいのかもしれない。

「ミイにだから言うけど……」

「にゃあん?」

「私、怖いの。結婚することによって、ジル兄様が私と会う時間を減らしてしまうことが……」

「なん……」

そんなことないよ! と言い切れないのがつらい(結局猫もどきだから言えないけれど)。

他国から迎える王太子妃、フレスカ王女がこの国に馴染むよう、やがて王妃としてこの国に前向きに立ってくれるよう、王太子殿下は時間も労力も全力で注ぐことであろう。隣国の王にはそれを約束した上での輿入《こしい》れに違いない。

王太子殿下には外せない政務他仕事が山ほどある。そんな中、妃殿下への時間をどこから捻出するかといえば……マリー様との接見時間はそれにあたってしまうだろう。

ご両親である両陛下になかなか会えないマリー様が、心の支えにしているのはお二人の兄王子。ジル兄様とマークス兄様に抱きしめられているときこそが、一番子どもらしい、穏やかな顔をされているというのに。

「私が小さな頃、何度も遊んでくれたナナエ姉様なら、こんなに不安にならなかったのに……。私って、嫌な性格よね。ジル兄様の結婚を喜ぶより先に、自分が可愛がってもらえなくなることに悲しくなるなんて」

マルルカのナナエ王女とは、思ったよりも王族ぐるみで親交があったようだ。土壇場で婚約者候補が変わったように感じられる。きっと理由があってのことだろうが、その結果、マリー様の平安がグラグラと揺らぐことになった。

このマリー様の呟きはとても小さくて、信頼する侍女ローラの耳にも届いていない。八歳で、それを口に出してはいけないわがままだとわかっていること自体が切なすぎる。

マリー様は全く嫌な性格なんかじゃない！　国の！　私の！　そして……アレクの宝だ！　ここは……私が全力で喜ばせるところよね？　わかってるから！

「にゃん、にゃにゃにゃん！」

「……ミイ、どうしたの？　え、ちょっと待って？」

私はマリー様のワンピースの裾を咥えて、クローゼットに引っ張る。マリー様のワンピースはもちろん私の月給分な代物なので、侍女の皆様が破りはしないかと、目を三角にして怒っているけれど、無視！

クローゼットには、マークス殿下に置いてもらった包み。

「これを開けるの？」

「にゃん！」

お側に仕えて一年、マリー様は私とほぼ意思疎通できるのだ。

包みを抱えて部屋に戻り、テーブルの上で広げると、そこには鉄で作った直径三十センチほどの輪っか。

「これをどうするの？　持てって？　はいはい。こう？」

マリー様がその銀色の輪っかを手の高さに水平に持った。

私は下からジャンプしてその輪を潜り着地する！

「にゃんっ！」

「び、びっくりした！　ミイ……あなた天才なのっ⁉　こっちはどう？」

マリー様が輪っかを縦に持った。私はバルコニーの窓まで走り、そこから助走をつけてジャンプし、華麗に輪を潜った。

「すごい！　二連続ってできるかしら。ローラ、もう一個持って、離れて構えて！」

私はやれやれとやってきて手伝う侍女ローラ、そしてマリー様の持つ輪を難なく潜り抜けて宙返りして着地した。

「ミイ！」

「にゃんっ！」

私たちはしっかり抱きしめ合う。

「……ありがとう、ミイ」

私のマリー様は賢すぎる。

マリー様の不安があれこれ募っていることを報告すると、なんと翌日、突然陛下が現れた。

「お、お父様っ！」

「マリー！　私の天使。私は今日も公務がいっぱいで疲れてね。一緒に少しだけでも中庭を散歩して、慰めてくれないか？」

「しょ、しょうがないお父様ですわね！　お付き合いいたしますわ」

はにかみながらいそいそと帽子をかぶり、陛下と手を繋いで春の色とりどりの花が咲き乱れる中庭にお散歩に向かうマリー様は、プライスレスだった。

それをホッとしながら見送り、顔を寄せ合って語らう父娘の様子を眺めていると、隣で同じく見守っているローラが小声で囁いた。

「これは、私の独り言なんだけど……、今度輿入れするフレスカ王女殿下、お国で婚約者だった侯爵令息に婚約破棄されたのですって。それで国内では嫁ぎ先がなくなり、国外の王族と結婚するしかなくなったんだそうよ」

ローラが私に「独り言」を聞かせることにも驚いたけれど、その内容も、なんだかとても引っかかる。

何が引っかかるって「婚約破棄」だ。王族を巻き込む婚約の解消なんて、片方が死にでもしない限りありえないことなのに。

そういえば前世「婚約破棄」を題材にした小説がずいぶんと流行っていた記憶がある。それらの世界にココは近いといえば近い？　でもここは現実世界だから、あんな、突拍子もないことは起きない。

「サーフォーゲンの王に頼まれ、多額の現金とあちらの国の鉄鉱石の鉱山を山ごと持参金として持たせると言われ、その婚約破棄の問題も、調べる限り瑣末なことだったと見做《みな》され、陛下が決定されたんですって」

ローラの私にしか聞き取れない小さな呟きは続く。

鉄鉱石は魅力だ。それも掘削の永久権付き。その条件ならば陛下も王太子殿下も、自分の気持ちを押し込めて決断するだろう。我が国の鉱山は次々と枯渇し、残りはとうとう一箇所なのだ。今、必死に鉱脈を探しているところだ。

「でもねえ、私、そんないわくつきの王女が来ることに、不安がぬぐえないのよ。つまりはトラブルをこの国に持ち込むということですもの」

私は目を合わせることなく、猫姿でローラに頷いた。全くもって同意だ。

「ジルベルク王太子殿下が産まれた瞬間にも私は立ち会ったのよ？　当然幸せになってほしい。そしてマリー殿下にこれ以上、つらい目に遭ってほしくない……という、独り言よ」

ローラはそれだけ言うと、何事もなかったように仕事に戻った。

ローラの情報源は、間違いなく王妃様だ。王妃様はこの縁組に陛下の決定とはいえ少なからず不安を持っている。

それを密かに私に伝えた。つまり、いいか？　不穏だぞ？　気をつけろ！　ということだ。改めて身が引き締まる。

それにしても、ローラには私の正体がバレていたようだ。動物護衛をつけていた王妃様のかつての腹心だから、当然か。それならそれで、任務に抱き込ませてもらうだけだ。

◇◇◇

今日はこれまで食事に毒は入っていない。私の全力で張り巡らせた結界に干渉もない。

一つ一つ脳内チェックリストに従って、確認しつつ、マリー様の横にはべっていると、ノックがあった。

「マリー殿下」

スケジュール通り、アレクだった。カールは悠々とした足取りで主より先に室内に入ってくる。

「アレックス兄様、カール、いらっしゃい！」

マリー殿下が嬉しげに顔を綻ばせ、椅子から立ち上がった。

一瞬違和感があった。なぜか……私室への入室は許していないはずのアレクの付き人がそこにいる。ドア外の護衛はどうしたの？

人間をはるかに超える私の動体視力が、付き人がくしゃりと顔を歪《ゆが》ませるのと、右手の動きを察知した。

これは……違うっ!!

「ニャーッ!!」

私が叫ぶとほぼ同時に付き人の足元が光りだした。

「ミ、ミイ?」

私はマリー様の目の前にジャンプし、魔法陣を展開。改めてシールド——魔法と物理攻撃の反射機能を持つ最強版——を張る。そばに来ていたカールまでが中に入った。同時に閃光弾を外に放つ。

爆音とともに激しいその光が収まるや否や、アレクの付き人の足元から灰色のフードをかぶった不審者がズズズと三人迫り上がってきた。くそっ、転移魔法だ。

「コリンッ!」

アレクが付き人にそう叫び……瞬時にこの最悪の事態を把握して、私たちのシールドの前に立ち、身構える。

「い、いやあああ!」

マリー様の悲痛な叫びが部屋中に響いた。

ああ……またもこんな危険に遭わせてしまってごめんなさい、マリー様。

「アレックス様……申し訳ありません……」

コリンと呼ばれた従者はバタッとその場で倒れ……白目をむき、泡を吹いた。操られていた？

「ふ、ふふふ。厳重な結界さえ破れば中は護衛もなく、男は婚約者の令息だけとは！　あっけないものだ」

敵の一人が楽しげに笑った。中年男性の声だ。

「おい、くだらぬことを言ってないで早くしろ。時間がない」

こいつらの登場前に放った閃光弾で、兵士が続々とこちらに走っている。特にヒューは壁の中を最速で向かっているはずだ。

私は……ほんの少しだけこの場を保たせればいい。せめて……五分。

「カール！　殿下を守れ！」

アレクが右手から魔法陣を展開し、カールに指示を出すと、カールの額が青く菱形《ひしがた》に光った。これは……契約紋？　完全に使役しているということ？　つまりアレクの血統魔法はテイマー？

カールは唸り、敵を威嚇しながら……なぜかシールドを出て私の前に立とうとした。

「ニャンニャン！」

私が必死の形相で――ライオンの威圧をかけて――違う！　と訴えると、カールはサッと後ろを振り向きコクンと頷き、マリー様の前に立ち塞がった。これでよし。一人守るのと二人守るのではカールの負担が断然違う。

「ほう？　部屋周辺だけでなく王女の周りにまで結界やシールドがあるとは聞いてなかった。この中に防御魔法を使えるやつがいるということだな。よっと！」

敵が鉄製の杖を取り出しサッと一振りすると、かまいたちのような風の刃が、ローラと若い侍女に襲いかかった。二人からザクッという恐ろしい音がして血が噴き出し、悲痛なうめき声とともに崩れるように倒れた。床がじわじわと赤く染まる。

「きゃあああああ！」

マリー様が叫ぶと、カールが背後を警戒しながらマリー様を包み込んだ。

「……許さん」

アレクはうめくようにそう呟くと、再び右手から赤い魔法陣が浮かび炎の剣を出した。

あれは火魔法のレベル９！　アレクは血統魔法だけでなく、通常魔法もきちんと自分のものにしているんだ。

アレクが一瞬で距離を詰め、敵に斬りかかると、三人のうち一人が風の盾を作り防御に入る。そして後ろの一人は杖を振りながら私のシールドを切り崩す魔法を編み、最後の一人は……隙ができた瞬間にマリー様を奪おうと目をギラギラと光らせている。

人数で一人負けている。分が悪い。ヒューはまだ？

「おい、やがて兵士が駆けつける。こいつらを倒して王女を奪ったほうが早い」

今までマリー様を見つめていた敵も、手に魔力を集め魔法陣を構築し、アレクに黒い塊を放つ。

あれは鉄球？

攻撃手が二人になり、アレクは避け切れずに被弾した。血が勢いよく飛ぶ。

「いやあああ！」

その光景も運悪くマリー様の瞳に入ってしまった。慌ててアレクの前にも最強シールドを作るけど……それは私の持続時間が二分の一になるということ。

「アレックス兄様ー！　死なないで！」

マリー様の悲鳴が胸に刺さる。

マリー様をこれ以上悲しませられない。アレクはマリー様の婚約者。彼が傷つけば我がことのようにマリー様が悲しむのは必然。

二人揃って、守らなければ。そのためにはシールドを維持した状態で攻撃に移らなければ。この小さな体では到底無理だ。

成獣か人に戻り、私の全機能を使って魔法を繰り出せば……。

そこでシュッ！　とヒューが近づいてくる音を耳が拾った。私は二分……いや一分持ちこたえればいい。

覚悟を決めた私は己の張ったシールドを飛び越え、最前列に出た。

「グアアアアアッ！」

「ぎゃあああああ！」

アレクにまた鉄球を仕掛けている男と指示を出している男に、吠えて威嚇しながら爪を全開にして順に飛びかかり、両前脚でその腕を裂く。

そして出血しながらも剣を握り、敵を威嚇するアレクと私のあいだに、改めてシールドを張る。

空気がピシッと鳴る。

「っ！　ミイ⁉」

「クソッ！　結界も……この猫か⁉」

『解』

私の体の輪郭が曖昧になり、とうとう人間に形成され直す。人に戻った私は裸だから、闇魔法で自分の周りを黒く包みつつ、攻撃魔法を編む。私の登場に驚いているこの隙だけが、唯一のチャンスだ。両手を前に突き出した。

「電撃、闇の手」

漆黒の私の体よりも大きな魔法陣が空間に繰り出され、鈍く光ったあと、敵三人めがけ、電気を帯びた真っ黒な闇が腕を伸ばし、首に巻きつく。私は左手でマリー様とアレクを囲うシールドを制御しつつ、右腕を敵に向かって伸ばしてありったけの魔力を注いだ。

しかし五秒ほどで、一人が私の闇を振り払った。シールドを維持しながらではやはり、堕《お》とせなかった。

「変身魔法とはこしゃくな！　死ね！」

敵の手に一瞬で鉄の球が集まり、私を襲った。マリー様とアレクにシールドを全振りしてるので、私の守りはないに等しい。戻した闇の手ではばみ、威力を半減させたものの、私の体にズンッ、ズンッとめり込む。

「グッ……」

手首をやられた。お願い私の体！　あと少しだけ保って！　シールドさえ守り抜けばっ！

「ミイ！　ミイ！　結界を解け‼　私もまだ戦える‼　早くしろ‼　ミイ！」

アレクの焦ったような声が後ろから届く。一介の猫……護衛を心配してくれるなんて……。彼がスプーン亭の皆を心配する様子と重なる。それが、私の好きになったアレクなのだ。

だからこそ、アレクには無事でいてもらわなければ。マリー様とともに。

闇の手の外れていない二人への拘束を気合いで引き絞る。

「キサマ！」

一人自由になった敵が、鉄球を正確に私に打ち込んだ。

腹に当たったあと、額にヒットした。反動で体が反転し、口から血が噴き出し……よろめく。

その瞬間、カールの後ろで、震えるマリー様を懐に入れ抱きしめるアレクと目が合った。

彼の目が大きく見開く。

「……ミア？」

ああ……バレちゃった……最後の最後に……アレク……。

「まもれ……なくて……ごめ……ん」

私は心配かけないようにへらりと笑ってみせた。こんなボロボロでは説得力などないけれど。

そこへシュッと音を立てて、ベッドの下から銀の大ヘビが現れた。ああ……。

「ヒュー……」

『毒霧』

悪夢のような恐ろしい姿のヒューの、グリーンの瞳が光ると同時に紫の魔法陣が展開し、敵が耳をつんざくような悲鳴を上げた。

よかった……マリー様もアレクも無事だ……なんとか……持ちこたえた。廊下から大勢の兵の足音も聞こえる。私の意識は遠くなり、維持できなくなったシールドがパチンと弾けたのを感じながらそのまま前に倒れていく。

床に顔からぶつかるのを覚悟したのに、冷たい何かに包まれた。ああ、これはヒューの大きな胴体だ。やさ……し……い……。

「ミア、ミア――‼」

◇◇◇

ドアがバンと開き、第二王子を筆頭に兵士、魔法師がなだれ込む。敵三人が包囲されたのを確認すると、大ヘビはミアを己の体に巻き込んで、脱出用の転移の魔法陣を発動させた。

「待て！　ミアだろ？　ミア――‼」

アレキサンダーの声に、大ヘビは少し困った顔？　をして、魔法陣から立ち上がった光の中に消えた。

「マリー！」

「お兄様っ！」

マリーゴールド王女はアレキサンダーの腕から抜け出し、次兄の腕に飛び込んでわんわんと泣いた。

第七章　解雇から一年

マリー様の部屋から担ぎ出されて一年、私はアボット領の牧場でえっちらおっちら動物たちに餌をやり終え、木陰のベンチで一休みしていた。

手首はじめ古傷がズキズキと痛むけれど、動かさなければ治らないと、我が家の医者に鬼畜宣言を受けたため、この半年、自分を叱咤して動いている。

初めは体が鉛のように重く、脳の指令通り動いてもくれず、自分の体ではないようだった。それに比べれば、ゆっくりでも痛くても思ったことができるようになった今は、マシだ。

まあ現状に気持ちの整理がついた、というのもある。

「全く、情けないったらない。任務に失敗したあげくこの体たらく……。せめて牧場係として役に立たないと追い出されちゃう……」

つい口から出たぼやきは、思ったよりも暗い声だった。

すると、牧場にいた牛、ハヤブサ、犬が一斉にこちらに向かってやってきて、私の顔を舐め回して、つつく。

「あー、ごめんごめん、心配かけて。大丈夫、大丈夫だから！」

動物たちをぎゅっと抱きしめて、その温もりに寄りかかる。

「ワン！」

「モー！」

「ピーィ！」

「……そうね。私もまあまあ頑張ってるか。ふふふ」

三匹に慰められながら、私はあれからの出来事を思い返した。

◇◇◇

ヒューに救出されて、次に目が覚めたとき、私はもうここアボット領だった。

不意に意識がはっきりして、ゆっくりと重いまぶたを引き上げてみる。

「見たことのない天井だわ……」

よくある小説の一節を呟けるくらいだから、脳に障害は負ってなさそうだ。

しかし……手足は全く動かない。固定されているようだ。直前の記憶として、鉄の球を体中にくらったことを思い出した。状況に納得する。

チチチッと鳥のさえずりが聞こえ、瞳を天井に戻すと、母の真っ白な伝令鳥と目が合った。鳥はすぐさまドアの隙間から飛んでいき、やがて遠くから複数人の足音が近づいてきた。聴覚も問題ないようだ。

せわしいココンというノックのあとに、母と顔見知りのアボット伯爵家お抱え医師が入ってきた。

「ミア！」

「かあ……」

もっと元気な声が出る予定だったのに、空気しか吐き出せず、自分に驚く。

そんな私の両頬を母の温かな手が包み、涙目で言った。

「よく目を覚ましたわ。無理に声を出さないでいい。私たちもあなたが返事しやすいような質問の仕方をするから。体は動く？」

そう言われて意識してみるが、指先がピクリと動いただけだった。それでも鉛のように重く、しんどい作業だ。

「少しは動くようね。神経は大丈夫かしら。今、かなり強い薬を飲ませているのだけれど、痛みはある？」

痛いかと聞かれれば痛い。全身痛いし、手首や腹は他よりも痛い。頭痛は吐き気をもよおすほど。

「ミアお嬢様は全身打撲、内臓も損傷しております。そして骨折が手首含めて三カ所。小さな鉄の弾が体に数カ所めり込んで、それを取り除く外科手術もしました。ですがこうして意識を取り戻しましたので、脳の障害のおそれは少なくなりました。ひとまず安心です」

つまり、私はボロボロだけど生き延びたようだ。ヒューイに感謝だ。ありがとう。

「ミア、ここは領地の病院よ。深刻な状況だったから、一日中医療者のそばにいたほうがいいと判断したの」

王宮からアボット伯爵邸に、そして転移ゲートでアボット領地にと転移してくれたとのことだ。

私は瞬きで返事をして、壁にかかったカレンダーに視線を送った。

「ああ。戦闘のあった日から十日経ってるわ」

十日も意識がなかったなんて驚きだ。でも、そう言っているそばから痛みを上回る眠気に襲われる。意識が保てない。

「ミアお嬢様、無理は禁物です。ゆっくりお休みになってください」

わかってる。でも、あと一つだけ、肝心なことを聞かないと私は！

「かあさま……」

なんとか掠《かす》れた声が出来上がった。

「まあ！　なあに？」

母が私の口元に、耳を寄せた。

「おう、じょでんかとあれ……きさんだー様は……」

「……ご無事よ。ミア、休みなさい」

母にまぶたにキスをされ、私は眠りに落ちた。


毎日少しずつ起きている時間が長くなり、包帯であちこち固定され、薬が切れると激痛で涙が出る自分の体の状況を徐々に把握した。

そして、一時間ベッドで座れるようになってから、母は私の欲した情報を教えてくれた。

あの襲撃は、ヒューの直後に突入したマークス殿下と近衛兵に制圧されたこと。マリーゴールド王女に外傷はないこと。アレクもケガを負ったが既に日常に戻っていること。でも、自分の付き人の裏切りで王女殿下を危険に晒したことで、謹慎中であること。

そして私は、護衛の任を全うできず、王女に再び心の傷を負わせた。

「任務失敗につき解雇……承知しました」

私の任務はマリー様に砂粒ほどの憂いももたらしてはならないというものだったのだ。この処分、納得せざるを得ない。

マークス殿下はその決定に反対してくれたらしいのだが、当主である父は粛々とその処分を受け入れた。

アボット家の直系である私が、不名誉な解雇処分を受けた。一族に、ご先祖様に申し訳が立たない。それに、

「マリー様……」

マリー様は子猫のミイを全力で可愛がってくださっていた。そんな彼女の前で私は人に戻った。マリー様は自分の猫（本当は猫ですらないのだが）が実は人で、護衛だったことに、きっとショックを受けたことだろう。彼女は心を許していた家庭教師に一度裏切られている。

私は神に誓ってマリー様を裏切ったことなど一度もないけれど、身上を騙《だま》していたことになる。

幼いマリー様の治りかけの傷を再びえぐるには十分だ。

そして、最後に見たアレクの表情が頭によぎる。私は彼も騙していたのだ。

「なぜ、私はアレクの付き人が一歩入室した時点で拘束しなかったのだろう……なぜ、部屋を半壊してでも敵が初動に入る前に豪風で吹き飛ばさなかったのだろう」

後悔が次々と押し寄せるけれど、もはやどうすることもできない。あとのまつりだ。

一度失敗した私に護衛の任務が回ってくることはない。そして今後、父やヒューイたちの護衛がらみの話が私の耳に入ることもない。私は他の役割で陰ながら一家を支えていかなければならない。

「私にできること、探さなきゃな……」

そう思いながらもなかなか前向きになれないせいか、私の体は回復するまでに、かなり時間を要した。

退院するのに半年かかり、リハビリを兼ねて、領地の牧場の管理人となり動物たちの世話をする毎日。

そして、ゆっくりならば自力で日常生活を送れるようになるまで半年。

あの敵の鉄の弾丸魔法を受けたところ……手首や腹、心臓、首筋……にできた黒いアザは、薄くなりはしたものの、消えなかった。タチが悪い。乙女の柔肌をなんだと思ってるのか？

彼ら敵を捕まえたあと、あの、初めて見た魔法は究明されたのだろうか？　だとしても、私にその話が届くことはない。

◇◇◇

動物たちに餌をやって、小屋を掃除して一息ついていると、ボスに声をかけられた。

「ミア、今日の動物たちの様子は？」

「ポーラ。うん。みんな元気よ。牛舎のほうも今日明日のお産はないみたい。暖かくなって牧草も順調に生育してるわ」

ここは【秘密クラブ】同士のポーラの管理する牧場の一つだ。おばあちゃんと侮るなかれ、ポーラは前世の記憶をもとに、効率という概念を牧場に持ち込んで改革した、アボット領有数の牧場主なのである。

アボット伯爵家はあらゆる動物を飼育するので、専門家の協力は欠かせない。ここ数日はポーラのもとに修行に来ている感じだ。

ポーラは白髪を上品に結いつつ、首から下は前世のカウガールのような姿だ。老婦人のパンツ姿に初めて見る者は驚くが、このアボットの地ではもはや通常の光景になった。

「とにかく無理は禁物よ。動物が走り出しても決して追いかけてはダメ。大声で助けを呼びなさい。治りかけの無理が一番よくないわ」

「わかったけど、リハビリも頑張ってるし、十分回復しているよ？」

「体は日常の動作ができるようになっても、傷ついた心はそう易々《やすやす》と癒えないわ」

ポーラはそう言うと、ゆっくりと頭を撫でてくれた。

「領地の皆はミアが故意に人を騙したことなどないと知っているし、私たち基準じゃ、今回の任務は十分に成功してると思うんだけどねえ。なんせお姫様に婚約者のお貴族様に、侍女の命を救った上で三人相手に立ち回ったんでしょう？　大したものよ」

ローラと若い侍女は一時期危なかったらしいが、無事命を取りとめたらしい。でも王宮の侍女はたいてい貴族出身のお嬢様だ。

「ポーラ、それよそで言っちゃダメだよ。荒事など見たことのないお嬢様たちを怖い目に遭わせてしまった時点で、私は罪深いんだから」

「ふん、ミアだってこんなに可愛いお嬢様でしょうが」

「ありがとう」

ポーラの身びいきに泣ける。

「ミア、私の前世生きた国にはね、こういうときに確かピッタリのことわざが――時は金なり、いや違った。時は偉大なヒーラーだ、ってのがあったの。焦らないでゆっくり養生するといいわ」

同じような言葉は、私の日本にもあった。

「まあ、並行して牧場経営はみっちり仕込むけれどね」

「スパルタ！　そこは優しくして！」

私が両手を合わせて懇願していると、牧場向こうの道から懐かしい声がした。

「ミアーッ！」

「……ヒューイ？　ヒューイ！」

一年前まで見慣れた、頼り切っていた顔を見つけ、慌てて走ろうとすると、足がもつれた。ヒューイが慌てて猛ダッシュで駆け寄り、私をぎゅっと抱きしめてくれた。

「そうそう、お客さんをここまで連れてきたんだったよ。ミアお嬢様、片付けはヒューイ様に手伝ってもらってください。暗くなる前に終わらせるんですよ」

敬語に戻ったポーラは私とヒューイに頭を下げて馬に乗り、建物のほうへ戻っていった。

「ミア、まだ走っちゃダメだよ……でもよかった……元気になってる……あのときはピクリとも動かなかったから、もう、死んじゃうかと……」

ヒューイの目尻から涙が溢れた。

ヒューイ、ヒューこそが、際どいところを助けてくれたのだ。

「ヒューイ、ずっときちんと言いたかった。駆けつけてくれて、私を救出してくれてありがとう」

「何言ってんの。ミアだって、逆の立場なら同じことしてくれたはず」

さも当たり前のようにそう言ってのける。もちろん私だってそのつもりだけど、危険を前に動けるかどうかはわからない。

「ヒューのひんやりした体に包まれたとき、ああ、私はギリギリ最低限の役目は果たせたんだって安心したの」

「もっと早く駆けつけられなくてごめん……」

泣き虫の従兄弟に釣られて、私も……ずっと我慢してた感情が揺さぶられ、涙が溢れる。

「どれだけ最悪な状況だったか、現場にいた僕は知っている。一族の立場で言えば護衛は結果が全てだけれど、僕はミアが最善を尽くしたってわかってるから」

「あり、ありがと、ヒューイ……」

ヒューイの言葉に救われて、彼の胸で、私はあれ以来、初めてわんわん泣いた。

泣きやんだ頃には空は夕焼けになっていた。私は彼に手伝ってもらいながら牧場の作業道具を片付けて、動物たちを小屋に戻した。おやすみと挨拶をして、ヒューイを私の馬の後ろに乗せる。

「そういえば、ヒューイの屋敷からここまでどうやって来たの？」

「ん？　犬になって来た」

ヒューイは案外器用で、一番得意なヘビ以外にも半日程度ならなんてことなく変身してしまうのだ。

「マークス殿下は今週、ジルベルク殿下にべったり張りつかれて執務の指導を受けることになってね、ケビン兄様が王子二人まとめて守るって言ってくれたから、久々に戻ってきたんだ。お二方ともミアによろしくって言ってたよ」

「そんな……恐れ多い」

「そして、マリーゴールド殿下はね……」

「ま、待って！　私はもう、王家のことを聞いていい立場にないわ」

これ以上余計な真似をして一族に泥を塗るわけにはいかない。ヒューイの太ももをバシバシ叩いて止めた。するとヒューイはムッとした声で、

「あのねえ、僕が秘密をペラペラ話すと思ってるの？　僕がミアに話すことは、王宮勤めの人間ならみんな知ってることか、殿下方から許可をもらってることばっかりだよ」

「だとしても、任務に失敗した私は、聞く権利なんて……」

「あーやかましい。殿下がいいって言ってくれてることを、ミアは否定するわけ？」

「そんなこと……ないけど……」

オロオロする私に一つデコピンして、ヒューイは話を続けた。

「あの敵三人はね、拷問にかけたけれど、話す前に自死したよ。せっかくミアが生け捕りにしてくれたっていうのに。奥歯に猛毒を仕込んでたみたいだね。拘束して、魔力も封じて牢《ろう》に入れていたのに、朝死んでるのが発見された。敵の身体チェックが甘かったこと、猿轡《さるぐつわ》をさせていなかったことに陛下は激怒してる」

結局、触りを聞いてしまえば、どんどん知りたくなってしまう。

「そんな！　では、まだ黒幕は捕まってないの？　まだマリー様は危険に晒されているの⁉」

あれから一年も経つのに……。

「そういうこと。でも手がかりが一つ。全員の胸ポケットに、月桂樹の枝がお守りのように入ってた」

「……つまり、西国ヒグセプトで大勢力になっている、ヒグセプト教会の信者？」

ヒューイが一つ頷いた。

月桂樹がシンボルの、そのヒグセプト教会とは、昨今急速に信者を増やし勢力を広げている新興宗教だ。

格式を重んじ、近寄りがたいこれまでの教会と一線を画し、熱心に祈り、少額であれ定期的に寄

進をすれば、

「『誰でも神に選ばれし子になれる』、が教義だっけ？」

「そ。そもそも神に選ばれし子ってなんだよ一体？」

ヒューイがケッと悪態をついた。

敵がヒグセプト教会の人間と仮定して、なぜマリー様を誘拐したのか？　それはマリー様の治癒魔法の能力目当てと考えるのが自然だろう。

人はにっちもさっちもいかない状況に陥ったとき、宗教に縋るパターンもある。もし不治の病を患って、教会に駆け込んできた人を、マリー様の治癒魔法で治したら……教会は崇拝とともに大きな権力と資金を手に入れることになる。

「……つまり、マリー様をその教会の生き神様にでもしようとしてる可能性があるってこと？　誘拐という卑劣な手段で教会に囲い、マリー様の意思を無視して？」

「そんなとこだろうね。陛下は即刻我が国のヒグセプト教会に監視をつけ、禁教にしようと水面下で動いている。でも、ヒグセプト教会のような輩はこれからもワラワラと湧くだろうね。そして宗教ってやつは禁止されるとますます焚《た》きつけられる可能性があるから」

愛するマリー様の笑顔と、最後に会ったときの悲鳴が脳内再生される。体が、わなわなと震えだす。

「どうして……マリー様がそんな目に遭わなければならないの……」

いたいけな女児を誘拐して成立する宗教など、正しいわけがない。……決めた。ヒグセプト教会を文字通り地盤ごと崩せるよう、牧場運営のかたわら土魔法を鍛えようそうしよう。

「ミアってば、ヒグセプト教会を腕力で潰そうと思ってるだろ？　まだ確定情報じゃないのに早計じゃないの？」

「可能性があるならば、事前に手を打っておくに越したことはないでしょ。今日からリハビリメニュー増やす」

新たな生きる目標ができて、私が拳を握りしめて闘志を燃やしていると、ヒューイがプッと噴き出した。

「あーおかしい。キャシー姉様の言った通りだ。僕はミアには何も伝えないで穏やかに過ごさせよう案に一票入れたんだけど、姉様が『現実を話せ、そのほうがミアは治療に前向きになる』って、他のみんなをねじ伏せてさー。うん、リハビリ頑張って。そんで全世界のヒグセプト教会をライオン姿で踏みつけて更地にしてくれ」

みんな……私のことをいろいろ考えてくれてたのだ。領地で、ひとりぼっちの気分になってた自分が恥ずかしい。

「心配かけて……ごめん。ありがと」

私が前方に顔を向けたままそう言うと、ヒューイにクスッと笑われた。

「……マリー殿下はね。ミアのシールドに守られ無傷だったよ。でももちろん恐ろしい目に遭ったわけだから、しばらく不安定な状態だった。王妃様は緊急事態だと言って、マリー殿下を王妃様の部屋に引き取られ、執務中も食事もベッドもともになさった。マリー殿下は母の最強の愛によって徐々に癒されて、今ではすっかり落ち着いている」

「よかった……」

「時を見計らって、王妃様はマリー殿下にミアのことを話した。ミアは王族に忠誠を誓った一族による、極秘の護衛だったことを。マリー殿下はミアが人に戻るところを見ていたから、複雑な表情ではあったけれど、納得された」

ここは、本当は聞いてはいけない話だろう。でも、弱い私はヒューイを止めることができなかった。もちろん私だって知りたかったことだもの。

とうとう秘密がバレた。マリー様は私が変化を解くのを、やっぱり見ていらしたのだ……。

「当然マリー殿下は、マークス殿下と常にいるヘビに思い当たった。で、僕たちの……マークス殿下の執務室にやってきて、ズバリ尋ねられたんだ。『そのヘビさんも人間なの?』と」

思わず後ろを振り返り、ヒューイを見た。

「マークス殿下は誤魔化さなかった。マリー殿下は王族だ。もう知っておいたほうがいいと。『そうだよ。ヒューは私の護衛で最高の相棒なんだ』と、言ってくれた」

そんなこと二人の間ではわかりきったことだろうけれど、それでも言葉にされると嬉しいはず。

「ヒューイ、よかったね」

「うん」

ヒューイは照れを隠しもせず、微笑んだ。

「そしてマークス殿下はマリー殿下にこう問いかけた。『マリーのミイもそうだっただろう?　たとえ仕事であれ、お互い好きでなければ二十四時間一緒にいることなんてできはしない。好きでなければ、身を挺《てい》して守ることなどできない』」

先を聞くのが、怖い。手綱を握る手を見つめる。

「するとマリー殿下はブルブルと震えだして、『私のミイは、生きているのですか？』って聞いた。マークス殿下が『ケガをしたけれど、命に別状はない』と教えると……マークス殿下に抱きついてわんわん泣いたんだ」

ああ……最愛のお姫様を、私が泣かせてしまった……。

「……私はマリー様を悲しませ、期待に応えられず……」

俯《うつむ》き、下唇を噛む私に、ヒューイが背中から軽く小突く。

「違うよ。マリー殿下は自分のせいでミイが死んだかもしれないとずっと思ってて、生きてるって知って、ホッとして泣いたんだ」

ヒューイの言葉を噛み砕くのに、少し時間がかかった。そして理解して、胸が熱くなる。

「マリー殿下は……誰よりもお優しいの……」

「そして、ミイの護衛任務が『失敗』という評定に腹を立て、陛下と王妃様に突撃して、『自分はケガもないのになぜ失敗なのか？』と食ってかかり、その威勢のいい様子に、両陛下ともにこっそり愉快そうな顔をして、『じゃあ、ミイが失敗ではなかったとわかるようにシャキッとしなさい、あなたがメソメソしてるから心を守れなかったということで『失敗』になったのだ』とハッパをかけられて……今、わき目もふらず、勉強してる」

「そんな……陛下も王妃殿下もマリー様を誘導して……」

思わず眉間に皺を寄せる。

「えー！　陛下のお考えだよ？　僕たちが口を出すことなんか許されないでしょ。そうそう。マリー殿下、これまではご自分の治癒魔法、毛嫌いする様子すらあったけど……今は積極的に伸ばそうと学んでらっしゃる」

「……さすが、それでこそマリー様」

私のマリー様は優秀なのだ。あっという間に天に与えられた奇跡を自分のものにしてしまうだろう。これまでは不幸が続いたため、気持ちがなかなか向かなかったけれど……。

「いつか、ミイを完璧に治療するために、頑張るんだって。あらゆるケガや病気の対処法を学び、そのうち従軍もして、恩賞をもらえるくらい頑張って、褒美にミイとの再会を陛下に願うんだって」

「………………」

「だから、今日僕は、『ミイ、私を待ってて』ってマリー殿下の言葉を伝えに来たの。立派な王族の勅命の使者だったのでしたー！」

マリー様とヒューイが二人きりで内緒話できるわけがない。つまり、この伝言はマークス殿下はじめ、王家も、父も了承済みなのだ。

「そう……。使者様、ご立派になられたマリー殿下にお会いできる日を、待っています……と伝えていただけますか？」

「承った！　でもミイがホントは猫じゃなくてライオンだったって知ったら、マリー殿下、どんな顔するだろうね？」

確かに。私は目尻に涙を溜めながら、苦笑いした。

「ところでさ、ミアがアレックスまで守ろうとしたのはどうして？　正直ミアが二人守ろうと欲張らなければ、もう少し早く事態を収束できたと、報告は締めくくられちゃってるよ」

ヒューイは少し口調を変えて、疑問を口にした。

「マリー様は婚約者様を大好きだもの。それはそばにいた私が一番わかってる。目の前で婚約者様がケガを負い倒れれば、マリー様は侍女が裏切ったときと同等のダメージを受けると判断した」

そこに一片の迷いもない。当時も今も。

「それは間違いないね。でも、王家の我々アボットへの命令は王族を完璧に守ること、だ。だからミアは失敗になったんだ。王女の代わりはいない。でも婚約者の代わりはいる」

「そんな！　アレクの代わりなどいないっ！」

思わずアレクと愛称呼びしてしまい、ハッと手で口を押さえたが、ヒューイは特に気にした様子はなかった。

「たとえばアレックスが自分の身も守れず死んで、マリー殿下が悲しみに打ちひしがれたとしても、新しい婚約者が誠心誠意尽くせばやがて王女の傷は癒える。なんてったって、殿下はまだ九歳なのだから」

「ヒューイはお二人がどれだけ仲睦まじいか知らないから……」

ムキになる私の言葉をヒューイが遮る。

「そもそも変身魔法の護衛が全員守ろうとする考えこそ傲慢だよ。僕たちは王族だけを徹底的に守らなければいけないし、それ以上の力などない。アレックスだって本来は君に守られる立場じゃなくて、ミアと一緒に戦う立場だ」

「戦ってくれたわ」

「でも、ケガをして、猫のミアごときに遅れを取り、守られた」

「違う！　ケガを負ってもアレキサンダー様はお強かったわ。ただ、私が王女殿下だけでなく、彼がこれ以上傷つくのを見たくなかった！」

思わず自分の口から飛び出した言葉にハッとする。そうだ。私はマリー様を最優先にすべき護衛なのに、私情を挟んだんだ……だって……。でも結局、無責任な自己満足でしかないのだ。

「つまりミアは優しすぎたんだ。護衛の適性ゼロだよ。護衛は瞬時に守る優先順位を決めて、必要ならば下位の対象の護衛を諦められなければ。これじゃクビになってもしょうがない」

「…………」

ぐうの音も出ない。

「……アレキサンダー様は？」

「ん？　ケガは秒で治ったよ。マリー殿下が知る限りの治癒魔法を全部使ったからね。それから事情聴取を受けてのち公爵領に戻り、謹慎中だ。結局、アレックスの付き人が敵を引き入れたのが元凶。つまり今回の事件は公爵家の落ち度だ。公爵家は爵位を返上しようとしたが、陛下が許さなかった。この事件は内密に処理するのに公爵が急に爵位落としたらおかしいだろ？　で、公爵領の穀倉地帯の一部を国に返還した」

　そう、あの付き人が原因だ。

「ヒューイはあの付き人、知ってた？」

　振り向いてそう聞けば、ヒューイの顔は一気に暗くなった。

「もちろん。クラスこそ違ったけど学院の同学年だったわけだし、アレックスの剣技試合を一生懸命応援してたの思い出せるよ。……駆けつけたときには死んでたし、彼の家族も結局全員屋敷で殺されてた。敵との接点は国が捜査中」

　何か弱みを握られて、脅迫されて敵を引き入れることになったのだろう。だとしても許されないけれど。

「そっか……でも私、付き人のこと、一番初めに上申してたよね？　アレキサンダー様に当たり前のようについてくることがあるけど、いいの？　って。線引きはどうなってるのって。ちゃんとドアの前の人の護衛で判断してくださいって」

「うん。それに関しては、マークス殿下が責任を取り、自分の領地を分割してマリー殿下に差し出した。ミアの報告を受けても、結局後回しにしてしまったんだ。まずアレックスが信用に足る人物で、そのアレックスが信用している幼い頃からの付き人。身元も確かで学院で面識もある。だから、アレックス以外入室禁止と改めて発令し、近衛に徹底することよりも、他の業務を優先させてしまった。最優先は妹なのにと、家庭教師の例もあるのにと、日々後悔されてる」

　その話を聞いて、正直ちょっと、いやかなり残念に思ったけれど……私がこれ以上この話を蒸し返すのはやめよう。

「と、いうことで、あの事件は一区切りついた。そして力不足のミアは護衛を引退した。そして見たところリハビリも進んでいる」

「え？　まあ頑張ってるけど正直まだまだ前のようには動けないよ」

そう言いつつ肩を回してみる。ある角度で必ずピキッという痛みが走る。可動域が狭くなった。

「普通のご令嬢基準だったら十分だよ」

普通のご令嬢……そう言われて少し胸が痛む。自分の生まれ持った役割に、ぶつぶつぼやきながらも結局誇りを持ち、自分は特別な百獣の王が適役なのだ！　と自慢に思っていたのだ。もちろんそのために普通のご令嬢がしないでいい、魔法や護身術の特訓を吐くほど頑張ってきた。それが……無になった。

「だから、来月から学院に編入してもらうことになったから」

「……へ？」

思わぬことを言いだしたヒューイをポカンと見上げた。

「護衛辞めたのにここで引退した動物と遊んで過ごす気？　そんなの許されないよ。学院で勉強して見識を広げて、交友関係を作って、役に立つ情報仕入れてきて。なんなら結婚してもいいって男、見つけてきてもいいぞって、伯父上が」

「父様が？」

「ケビン兄様もね。ミアには今後表でアボットの顔として働いてもらうって。アボット伯爵家が普通の、ありふれた伯爵家だと世間にふんわり認識させるように、ライオンでも猫でもなく、常識的な令嬢に偽装しろって」

そこまで聞いてようやくわかった。ヒューイや父たちは、どうやら私に第二の人生を……年頃の女性の普通の楽しさを与えようとしてくれているようだ。

「……猫より難しいかも」

「わかる。頑張って。そして僕たちの癒しと憩いの空間を王都に作って」

「……わかった。頑張る」

大好きな家族やヒューイのサポートに繋がるならば、やりがいがあるというものだ。


屋敷に戻ると、当然母に話は通っていた。王都にトンボ帰りするヒューイを見送ったあと、実際に学院に行っていた母に、一般女子生徒の必要な知識や注意事項の指導を受け、準備を整えた。

さらに、前世の記憶も私に浮かれるなと釘《くぎ》を刺す。同じ世代の子が集う学院は、もちろん楽しいこともあるだろうけれど、案外陰湿なイジメもあり、そもそもその集団に馴染めないときは地獄だぞと。そのあたりは世界が変わったとしても、変わらない部分だろう。慎重に行動しなくては。

私はアボットの名を背負って、表で生きていくのだから。

「表の世界でミアとどこにでも行けるなんて……ふふふ、私、ちょっと嬉しいわ」

難しいことを考えていたら、母がそう言って笑った。それだけで気持ちがグッと前向きになった。

裏の世界での失敗を、うだうだ引きずり続けるのではなく、表舞台に立つ存在として、これからはどんどん親孝行しよう。

「母様、王都の美味しいお店を調べておきますので、絶対上京してくださいい！」

「そうね。キャシーと女三人で食べ歩きしましょう」

ふと、あの店のことを思い出す。懐かしく、小さな幸せの詰まった思い出。

そして私は、傷に響かぬようにのんびりとした馬車旅で王都に向かった。転移ゲートを使わないのは、普通の伯爵令嬢が田舎からやってきたと、アピールするためだ。

不安もあるけれど、王都にいればマリー様とアレクの噂も少しは耳に入るに違いない。それを楽しみに、普通のアボット伯爵家を演出していこう、と、そっと決意した。

◇◇◇

「ロイド、久しぶり」

「ミア様、おかえりなさいませ」

王都のアボット邸はなぜか、人の目につく華やかな草木が植えられたりと、よくあるお屋敷風になっていた。季節は遅い春だが、まだ少し花が残っている。

「どういうこと？」

「門から正面にかけて、ありきたりの庭木を植え、一般的な伯爵家っぽく整えました。ひょっとして表のミア様関係のお客様がやってくるかもしれませんのでね。来客用に一階の東の部屋を応接室に改装しました。そこには監視窓を四カ所作っております」

「なるほど」

過保護極まっている。

「正面以外の入り口は、これまで通り、よほどの強者でなければ認識できないでしょう。ただ、やはり正面を開け放ったことで隙ができてしまいますね」

全て、私が普通の学生になるための一手間だ。

「わかった。私が週一は屋敷全体と出入り口に結界を張るわ。改装、手間を取らせてごめんなさい」

するとロイドはふざけて両肩を上げてみせた。

「それが私の仕事ですが？　それにミア様が常時住むためとなれば喜んで。ここは旦那様もケビン様も知らないうちに帰ってきて知らないうちにまた出勤されるので、本当に仕事に張り合いがない！」

みんなして私の気持ちを軽くしてくれる。期待に添えるよう、期間内に絶対一人はお客を呼んでみせるからね！　監視は任せた！

「じゃあ、一般的な伯爵令嬢の一般的な執事役、どうぞよろしく」

「ふふふ、お任せください。それではまずはご休憩くださいませ。一時間ほどしたら学院編入についてと事前に収集した情報をお伝えに参ります」

「ありがとう」

「その前に、ミア様付きの侍女を紹介いたします。こちらへ来なさい」

ロイドの合図で現れたのは、想像よりもうんと小さくて……。

「コニーじゃない！」

【秘密クラブ】メンバーのコニーだ！　メイドのお仕着せを着て頭を下げた。

「ミア様、まだまだ半人前ですが一生懸命頑張りますのでよろしくお願いします」

「ええ⁉　嬉しいけれど、でもまだ確か九歳でしょう？」

「ミア様だって小さな頃から働いていたんでしょ？」

それはそうだけれど……私は説明を求めてロイドを見る。

「ミア様、コニーはここにゲートを設置できるほどの転移魔法を持ち、アジームから他の魔法の手ほどきも受けています。何より我々の事情を全部知っていて、ミア様に可愛がっていただいている礼がしたいと、他とは意気込みが違います」

もちろん私だって大好きな、同志であるコニーがそばにいてくれたら嬉しい。

「コニー、絶対無理しちゃダメよ。すぐに私かロイドを頼るのよ？　それが守れるのであれば……ようこそコニー」

私が両手を広げると、コニーは目を輝かせて突進してきた。

「ミア様！　頑張るね、私」

コニーのどこか懐かしい黒髪を撫で、可愛く思いながら、私のお姫様もこのくらい大きくなったのだろうか？　と思いを巡らせた。

第八章　学院へ

私は無事学院の編入試験に合格した。

病気がちで領地を出たことのないアボット家の令嬢、という設定は、一応世間の皆様の頭の片隅に生きている状況だ。

そんな女が体調がずいぶん良くなったので様子を見ながら学院生活を楽しみたい、と編入を願い出て、試験会場にやってきた。

あの事件で内臓を損傷したせいでろくに食事も取れず、筋肉もすっかり落ちてしまった私はずいぶん痩せた。そんな状態で、歩くのもゆっくりな私を見て、学院関係者は大いに同情してくれた。

試験の結果は、八割の正解率だった。この一年勉強していないからしょうがない。合格の基準に達したのだから良しとする。

「良しとするって……六割で合格って聞きましたよ？　十分でしょ」

コニーが私の髪を結いながら眉間に皺を寄せるのが、鏡越しに見える。

「コニー、その表情やめたほうがいいよ。将来その皺が固定するって姉様が言ってた」

「私はまだピチピチの子どもだから大丈夫でーす」

と言いつつも、コニーは慌てて眉間を櫛《くし》を持ってない左手でさすりだした。

「ふふふ、さっきの話だけど、もしギリギリ合格点だったら、父と兄にめちゃくちゃ叱られてたよ。それでも王家の護衛かって」

王家の護衛に相応しくあるように、私たちは幼い頃から家族や家庭教師からみっちり教育を受けているのだ。

過去には家庭教師役が護衛対象の王族の学習に狂信的な思想をさりげなく紛れ込ませ、洗脳した例がある。正しい知識がなければ比較対照できないというのもある。

「でも結果的にちょうどよかったですね。下手に成績が良すぎても悪くても目立っちゃう。クラスは成績順三クラスの真ん中のBクラスと聞きました」

コニーは前世の体験からか、その記憶に引きずられるのか、たまに大人びたことを言う。それは自分にも身に覚えがあることなので、特に気にしないし、そういうときは私も大人相手のように返事をする。

「既に友好を深め、友人関係が出来上がってるところに、私は最終学年の途中から飛び込むわけだから……まあ、あまり大きな目標は掲げず、これからの社交でお会いしたときに立ち話できる程度の知り合いを増やすことにする」

「あれえ？　ミアちゃんってば全くわかってないんだ。きっと友達になりたいという人が、列をなしてやってくるよ？」

そんなわけない。私は田舎の貧乏伯爵家の末っ子だ。後継はこの学院にも通ったケビン兄様だと周知されているし、そのあとにキャシー姉様も控えている。私と仲良くなっても特にメリットはない。

「まあいいか。ミアちゃん、たった一年弱の学院生活だから目立ちすぎず、でものびのびと楽しんでください！　問題が出れば私やロイドさんが対応お手伝いしますので」

「そうね、ありがとう」

Bクラスに初めて登校すると、教室に足を踏み入れた途端、教室がどよめいた。クラスはざっと二十名ほどで、女子は私以外はたった三人しかいなかった。

当然のことながら、誰一人知らない顔だ。でも、そこは訓練してるから、今日一日で頭に入っている名簿と顔は結びつけられるだろう。

「ミア・アボットと申します。ずっと領地にいましたので世間知らずです。いろいろと教えていただけるとありがたいです。よろしくお願いします」

事実だけの短い挨拶をして、指定された席に座った。

早速授業が始まる。周りの様子を真似て教師の発言を書き取り、昔家庭教師から習ったことと比較する。私の知識もまだそんなに古いものではないようでホッとした。

同時にクラスメイトの発言を聞きながら、顔と名前を頭に叩き込んでいると、あっという間に昼休みになった。

「あの、アボット様、私、セレス・ドレシスと申します。体調はいかがですか？」

隣の席の、栗色《くりいろ》の髪に水色の瞳の、背の高い女子生徒が、硬い表情で声をかけてくれた。ドレシス……子爵家のご令嬢か。なるほど、彼女は担任から私のサポートを頼まれていたのだろう。

「ありがとうございます。初めてのことなので緊張はしていますが、体調は大丈夫です」

彼女は私の口調や表情を読み、少しホッとした顔になった。一応格上伯爵家の娘に声をかけることは勇気のいったことだろう。私はこれまで王都のもよおしに顔を出したこともなく、事前情報が全くないのだから、なおさら。

「お昼、よろしければ、一緒に食堂に行きませんか？」

「とても嬉しいお誘いですが、あの、他のお友達とお約束はありませんの？」

チラッと周囲を窺う。彼女にはこれまでの人間関係があるはずだから、無理はさせたくない。私は悲しいかな、ボッチには慣れているのだ。

「ええ。いつもは彼女たちと三人で行くのですが、三人って、一人、話題に乗れないときがあるでしょう？　私、たいていその役回りで……あ、仲が悪いわけではないんですよ？」

私に気を遣っての発言か、案外真実なのかわからないけれど、ここまで言われて固辞するのもおかしいだろう。私は口の端を上げた。

「では、お言葉に甘えます。私のことはミアとお呼びください」

「えっと、それは無理です。ミア様と呼びますね」

「では私はセレス様と呼ばせてもらいます」

食堂は一列に並んで自分が食べる皿を取っていき、最後に金額のチェックをされるシステムだった。代金は後払いで家に請求が来る。

行列に並びながら、教室などの形態は高校に似てるけれど、授業をチョイスしたり、この学食なんかは大学に似ているな、と思い出し、私には前世、大学生までの記憶があることが発見された。トラ転は大学時代のようだ。

私は様子見でサンドイッチとお茶を取ると、セレスは今日の定食のようなものを取っていた。

「まあミア様、少食ですね。それでは午後の魔法の授業で体力保ちませんよ？」

「今月いっぱいは実技の授業は見学なのです。家族が過保護でして……。セレス様のお食事、とてもバランスが良さそうですね」

「ええ。これ、日替わりの定食というものなのです。選べない代わりに栄養満点で良心的なお値段で、さらに美味しいんですよ」

私たちは、窓際の空いた席を見つけて、向かい合って座った。

「こういう定食料理、商店街の端の小さな食堂から流行りだしたんですって」

「……セレス様、その食堂の名前は？」

胸がざわざわして、つい聞いてしまった。

「確か……スプーン亭、だったかしら。いつか私も行ってみたいんですよねーって、こんな話、興味なかったですか？」

慌てて首を振る。ぼーっとして見えたのなら、それは大好きだった名前を思いがけなく聞けたからだ。変わらず繁盛しているのだ……よかった。

今さらながら、素顔で通っていたことが悔やまれる。逆に今度変装して行けばいいのでは？　いや、私は自分の立場を隠し、その上大事な婚約者を守り切れなかった使えない護衛だ。アレクの店に行く資格などない。

でも、一度、遠くから様子を見るくらいなら……。

「うん、すごく興味あります。セレス様、もしそのお店に行く機会があったら、私に感想聞かせてくださいね」

「まあ、ミア様ひょっとして食いしんぼうなの？」

「もちろん美味しいものを食べることは大好きです」

「私も！　であれば少食はつらいですね。早く体調が全回復しますように」

二人で少しずつお互いを探りながら食事をしていると、クラスメイトのあと二人だという女子が、セレスに手を振って衝立《ついたて》の向こうに消えた。

それを私が不思議そうに見ていると、セレスは苦笑した。

「あちらのスペースは伯爵位以上の貴族が使うっていう暗黙の了解があるの。だから彼女たちにとって私はこれまで足手まといで……って、あ！　ミア様も伯爵家じゃないの！　私に付き合わせてごめんなさい」

オロオロと頭を下げるセレスに慌てて言葉をかける。

「セレス様、お顔を上げてください。教えていただいてよかった。私、あちらに紛れ込んだら大変なことになりました」

「大変なこと?」

「はい。だって、あちらは目上の方しかいないってことでしょう? その目上の方の顔も名前も私、わからないんですよ? 最上級生の青いリボンをつけているのに」

この学院の在籍生徒の名簿は頭に入っているけれど、まだ顔と結びついていない。

「トラブルを起こしかねません」

これまで社交に一ミリも力を使ったことがないのだ。粗相をするに決まってる。私はその点全く自分を信頼できない。

「……それは言えてますね」

セレスは慎重に頷いた。

「だからここで、セレス様にあれこれ教えてもらいながら、そっと学院に慣れて、慣れた頃に卒業するのが一番無難でいいのです」

「……無難でいいんだ。あっちにいる男性と、将来を見越して知り合いになりたいとか思わないのですか? それとも婚約者、既にいらっしゃるの?」

恐る恐るといった感じで探りを入れてくるセレスに、この問題は思ったよりも私たち世代では重要な問題らしいと悟る。

ひょっとしたらセレスは私が結婚相手探しのライバルになると怯えている? もしくは格上の私がフリーの男性への橋渡しを頼むかもしれないと、厄介に思っていたり?

「いいえ、病弱だったのでおりませんし、まだ完治したわけではありませんので、婚約などしてはご迷惑をかけてしまいます。両親も私の今の体調を信用してなくて、慌てて婚約者を探すつもりはないのです」

「今の話、もし聞かれたらクラスメイトにお話ししても？」

「問題ないですよ」

きっとセレスは私と別れたあと、クラスメイトの質問攻めに遭うのだろう。彼女が好きでお喋りするわけじゃないとなんとなくわかるし、きっと一度そういう場を作らないと収拾がつかないはずだ。お疲れ様です。どうぞ私を無害な女だと宣伝してきてください。

正直なところ、王家の秘密を知りすぎた私は、事情を知らぬ者と自由恋愛などできない。それを思ってつい苦笑した。

すると、セレスは助かった……とばかりに、表情を緩めた。

「……ありがとうございます。ミア様、わからないこと、他にないですか？　私が知っていることならなんでもお教えします」

「こちらこそありがとう、セレス様」

それから私たちは落ち着いてご飯を食べた。

◇◇◇

私は無難にBクラスの皆様と顔見知りになった。

顔見知りとは、教室で席が近くなったらお話しできる程度、のことだ。セレス以外の視線には、まだ品定め感がある。

私にしても話せない秘密が多すぎるから、このくらいの距離でいい。

でも、セレス以外のクラスメイト女子二人とは、もう少し打ち解けられるかと思ったんだけど……など、考えながら、彼女たちの背中を見送る。

「え、あの二人に衝立の向こうに誘って欲しかったの？」

「それはない」

セレスとは、砕けた口調で話せるまでになった。

「なんにせよ、ここまで来ればあの二人はミアをあちらには連れていかないよ。自分たちのライバルを増やしたくないもの」

「私、なんのライバルになりそこなったの？」

「婚約者競争の、よ。あの衝立の向こうにいる、婚約者のいない男性はもはや十人もいないんじゃないかしら？　その中の少しでも優れた人と仲良くなりたいと、向こうでは熾烈《しれつ》な戦いが繰り広げられてるわけ。そこにミアが割り込んで、うっかり恋に落ちられたら、困っちゃうでしょう？」

「ほー」

セレスの素晴らしい考察に感心する。参戦はしないまでも、ちょっと覗いて見てみたい。

「セレスは参戦しないの？」

「あら？　今さらながら私のことに関心持ってくれて嬉しいわ。私は二つ年上の婚約者がいるの」

「なるほど、なら戦場に出向かなくていいね」

セレスの婚約者様はやはり子爵家の次男で、彼の領地で教師をしているとのこと。

「堅実だね。ここを卒業したら、すぐセレスもそちらに赴くの？」

「ううん、学校運営も結局、経営力がいるでしょう？　一年間、王都の親戚の商家で事務方の仕事を学んでから行くの」

「すごい、きちんと未来を設計してるのね」

「私たち、嫡子じゃないもの。生きるため、そして少しでも余裕ある生活をするために、やれることはやらなくちゃ、ね」

「確かに」

大それた理想を話す年は過ぎたけれど、少しでも笑って楽しい生活をしたいと思うのは当然だ。そのために地に足をつけた努力をするセレスは、とても立派だ。

「ねえ、人のことばっかり目がいっているようだけれど、ミアもそこそこ注目されてるってわかってる？」

「え？　どうして？」

「だから、婚約者がいないからよ」

「いないけど、私、次女だし、裕福じゃないし、いわゆる優良物件じゃないもの」

なんの誇張もない事実だ。

「金持ちの家の婿って立場を準備できる女性なんか、とっくに売却済でしょ？　残った貴族は皆、大した特典なんて持ち合わせていないわ。そんな中、ミアは伯爵家の娘で、アボット伯爵家は悪い噂がなくて、ミア自身が控えめな性格。衝立のこちらの男性は、ミアへのアプローチを牽制《けんせい》し合ってるわ。早くしないとやがて衝立の向こうの男性陣も、ミアの存在に気づいちゃうっていうにおバカさんね」

「……つまり私は背伸びしない相手で御しやすそうってこと？」

「たぶん？」

百獣の王である私をうまく扱おうと思っているのか……そんな猛獣使い、もしいるとしたら逆に会ってみたい。

「ところでミアはどんなタイプの男性が好きなの？　もちろん婚約者をあてがおうってわけじゃないわ。純粋な好奇心よ」

「そうね……理想論で言えば、優しい人かな。本の話ができればもっといい」

「それだけ？　ぼんやりしてるわね」

セレスはそう言うけれど、私の脳裏にはしっかりと人物が浮かび上がっている。推理小説が大好きで、マリー様の言葉を一言も漏らすまいと真剣に聞いて、弱い立場の女性を負担にならないように気遣いながらそっと励ます、優しい人。

「ふふ、まあね、理想だもの。現実的には、そう年が離れていないお金持ちかなあ。うちの牧場の子たちに、いつでも清潔な小屋でお腹いっぱい餌を食べさせることができるくらい」

「一気に現実味を帯びたわね！　そっか、家業は牧畜って言ってたわね。生き物相手は大変でしょう？　その子たちの命がかかってるなら、そりゃあお金大事だわ」

セレスは栗色の髪を耳にかけながら、同意を示してくれた。

セレスは話が通じる。こうしてセレスと過ごす時間は想像していなかった分、とても楽しい。こうして学院に入学させてくれた父はじめ家族に感謝した。


そんな話をしてから数日すると、なぜか、いろんな男子生徒に話しかけられるようになった。

「ミア様、あの、私は動物が大好きです。今日放課後、一緒にお茶でもいかがですか？」

「……ん？」

この方は確か、私と同じ伯爵家の三男だ。

「ミア様、私の家は手広く商売しておりまして、ミア様の家畜を飢えさせることは絶対にありません！」

この方は平民で商家の跡取りだ。私と結婚して貴族と縁づきたいってこと？　一族繁栄のためならば、自分が犠牲になり、跡目は弟妹に譲るということだろうか？　なんとも素晴らしい意気込みだ。泣かせる。

「あー、先日の私たちの会話、聞かれてたみたいね。ミア、食堂なんかで軽率に話してごめんなさい」

「いや、あれは真剣な話じゃなかったし、まさかこんなことになるなんて……びっくりだわ。でもみんな、私が病明けでまたいつ、調子を崩すかわからないってこと、忘れてない？」

設定だけど。

「自分の隣でみるみるうちに衰弱していくかもしれないのよ？　耐えられる？　そのあたりをもうちょっと想像して声をかけるべきだと思うわ。でも逆に、問題なく耐えられます！　って言われるのも、なんだか悲しいけど」

ここらでキッパリ意見を言って、私が体は弱くとも決して御しやすくはない伯爵令嬢だとわからせねばなるまい。じゃないと後々面倒くさい目に遭いそうだ。

「そ、そんなことおっしゃらないで！」

「確かに、その、考えが足りなかったかもしれませんが、本当にミア様のことといいなって思ってて。もしそんな時が来たら、精いっぱい支えます！」

お二人とも……根はとても真面目で良い人だったようだ。思わず笑みをこぼすと、二人は自分の発言をかえりみたのか？　顔を真っ赤にしていた。

「ミア様、病気なんて、信仰さえ持てばどうにでもなるんですよ」

他の二人の後ろで黙って様子を見ていたメガネ姿の男性が、不意に口を挟み、ニッコリと笑った。

彼は確か王都から離れた子爵家の長男だ。

「……信仰で、ですか？　信仰があれば病気の種類やケガの大きさにかかわらず、どうにでもなる、と？」

「ええ。信仰のおかげで、かつて不治の病と言われた者が、今では普通の日常を過ごしている例があるのです」

……もし私が今、ライオン姿だったら、全身の毛がゾワッと逆立っただろう。

「まあ……それは神秘的ですね」

「ええ、そうです。まさしく神の神秘。ミア様も一度ミサにいらっしゃいませんか？　王都でも毎週行われているんですよ？　ミア様次第できっとその体調も回復することでしょう」

胡散臭いことこの上ない、と思ってしまうのは、私がスレてるから？

「でも、私は先祖代々、国教を教える地元のアボット教会の信徒ですので」

「まずはお試しで来られればいいと思います。どちらの神もお試しを許さないほど偏狭ではないでしょう？　まあ、一度我らのミサに来られたら、素晴らしさがすぐに伝わると思いますがね」

「おい、ナジュール、デートのお誘いは抜けがけだぞ！　ミア様、ミサなんかよりも公園に参りましょう。今、夏バラが見頃だそうです」

「皆様、今日はミア様は私と、話題のカフェに行くんです。邪魔しないでください！」

セレスがほっぺたを膨らませて怒りだした。可愛い。


結局カフェには希望者全員で行くことになってしまった。セレスはカリカリしているけれど、親しくない男性と一対一のハメになるくらいなら大勢で一度に済ませたほうがいい。

青葉が生い茂るなか校門を出て、五人でガヤガヤと……私は失言しないように注意しつつ……カフェに向かって歩くと、あちこちからの視線が刺さる。同じ制服姿の女性からのものが多く……ひょっとしてこの三人も、衝立向こうの一軍の方々ほどではないにしても、人気があったのだろうか？

げんなりしながら、正面に向き直ると、今度はもっと強烈な視線が自分に薄く張った結界に突き刺さった。最大限に警戒しながら、その視線の出先を慎重に探る。

「え……」

領地にて謹慎中だと聞いていたアレクが、道の向こうから目を丸くして私を凝視していた。

「信仰で病気やケガを治すことができる宗教がある」とうたう学生が現れたことと、アレクに出会ったことを、ロイドを通じて報告すると、翌日、姉キャシーがやってきた。

「ミア、久しぶり」

「姉様！」

ぎゅっと抱きしめてもらえば、体のこわばりが消えていく。学院生活は概《おおむ》ね楽しいけれど、私はまあまあ緊張して過ごしていたようだ。

姉はふふっと笑って、私を抱きしめたままソファーで隣り合って座り、任務に障りがない程度の近況を教えてくれた。

「さて、今日来たのは昨日のミアの報告を聞いて、現況を少しミアの耳にも入れておいたほうがいい、ということになったのよ。もちろん、王家の承諾も得ているわ」

「はい」

「ミアから連絡があった、ナジュール・モルト子爵令息、今のところヒグセプト教会との接点は見つからないけれど、言ってることはあそこの教義そのもののズバリね」

「ヒグセプト教会は禁教にすると聞いたのですが」

「まだ禁教にはなっていないわね。私に言わせれば禁教になったとしても、どこまで脅威が取り除けるか疑問だわ。そもそも支部的な他国の組織なんて名前を変えればわからなくなっちゃう。それに宗教って締めつけられると逆に燃える性質があるでしょう？」

確かに。前世で犯罪歴のある宗教にいつまでも人が集まるのを見て、理解できない、殉教者になったつもりだろうか？　と感じたことを思い出した。

「ミア、くれぐれも注意しなさい」

姉の言葉に私は静かに頷いた。

「ゾマノ公爵令息が王都にいらした件は、私たちもよくわからないわ。でも、事件から一年経っているもの。領地での謹慎期間が明けたのかもしれないし、我々にそれをどうこう言う資格はないわね。敵をみすみすマリー殿下の部屋に入れてしまったのは大失態だけど、アボット的にはかの方に何一つ恨みとかないし。同じく失敗したミアだってこうして王都にいるんだし？」

あのときの罪を何かの機械で測ることができるなら、私のほうが重いだろう。そんな私がここにいるのだ。確かにアレクも謹慎が明けてしかるべきだと思う。そもそもアレクは被害者だ……なんて思うのは、やっぱり私が彼に甘いんだろう。

「それとね、先日、王太子殿下の婚約者であるフレスカ王女が、ようやく我が国に来訪されたの」

王太子殿下とフレスカ王女の婚約、そして結婚は、あの事件のせいで無期延期になっていたのだ。

「ああ、姉様の護衛を不要とおっしゃった王女様ですね」

この姉様と知り合い、護衛してもらうチャンスを逃すなんて、もったいないの極みだ。

「そう。そして王太子殿下だけでなく、王家の皆様と面会されたんだけど……これから家族になるのだからってね。一通り挨拶が済んだら、なぜかマリーゴールド殿下にあれこれと話しはじめたのよ」

「……初対面ですよね？」

「もちろんよ。初めは陛下も王妃様も、新しくできた妹に気を遣って声をかけてくれるって微笑ましく見ていたのよ」

「違うのですか？」

マリー様は究極のパーフェクトプリンセスだ。可愛がられるのは当然では？

「なんか違うってみんな感じだしたの。とにかくフレスカ王女はマリーゴールド殿下をニコニコと笑いながら褒め称《たた》えるわけ。つまり、気を遣ってるというよりも、媚《こ》びてるように見えて……。だって弟になるマークス殿下のことはマルッと無視なのよ？　よこしまな、執着のような匂いを感じて、一瞬で警戒態勢に入ったってケビン兄様が言ってたわ」

マリー様は王太子殿下の結婚に複雑な思いを持っていた。それでも姉となる王女殿下と仲良くしなければ！　と決意していた。それなのに……。

「マリー殿下は？」

「現場では王女として冷静に受け答えされてたって。でも、王妃殿下のお部屋で正直な感想を言うように言われると、『気持ち悪い、触れられて怖かった』と」

「あ？」

「ミア、ガラが悪いわよ」

あの、国の宝である私のマリー様を怯えさせたんだよ？　ガラも悪くなる。

「でも、フレスカ王女は国策で嫁ぐことが決まっているし、何か失態を犯したわけでもない。王族である彼女を目に見えて警戒するわけにもいかないし、フレスカ王女のお茶会なんかの誘いを毎度断るわけにもいかない」

「で、でも、マリー殿下が怯えているんでしょう？　殿下は小さいけれどわがままを言うお方じゃない。本当に本当に、何か怖いのよ！」

そういう第六感は大事にしなければならない。

「ええ、わかってる。だから、挙式の日程の決定はなんのかんの理由をつけて先延ばしにされているの。それにね、王妃様が『怖いのならば動物護衛を置きなさい』とマリーゴールド殿下にいよいよ命じたのよ」

動物だった私が守り切れなかったあの一件で、マリー様が動物護衛に不信感を持っていてもおかしくない。

「……それで？」

「マリーゴールド殿下はね、『大好きなミイと仲良しの子なら、一緒にいられると思う』って言ったんですって」

思わず息を呑む。

「ずいぶん信頼されてたのね、ミア」

「マリー様……」

私の思う数倍も、マリー様は成長されているのだ。

「というわけで、王女の護衛だもの。直系の私がつくわ」

私は一気に肩の力を抜いた。

「よかった……本当によかった。姉様なら安心。姉様、くれぐれもマリー様のこと、お守りくださ
い」

「当たり前よ。任せなさい」

姉様は自信たっぷりに微笑んだ。痺《しび》れる！

「マリーゴールド殿下の心配を少しでもなくすように、私がミイの姉だって教えてもいい？」

「父様や、陛下の許可が下りるなら問題ないです。でも……マリー様驚くだろうな。ライオンの私
と白狐の姉様が姉妹なんて」

「弱っちいミイはどう見ても猫でしょ？」

「姉様までひどい！」

姉は強い。私がライオンの成獣姿で威嚇しても、全く怯まず火魔法で攻撃してくる。

私はすっかり安心して、姉の肩に寄りかかると、姉は私の頭を何度も優しく撫でてくれた。それ
は眠りを誘うほど気持ちよくて……確かに私は猫かもしれない。

◇◇◇

その週のうちに、マークス殿下の執務室で、マリー様と白狐姿の姉は対面した。

マークス殿下が、

「マリー、この狐はね、ちょっと信じられないだろうけど、中の人はミイのお姉さんなんだよ」

と言うと、マリー様は目を丸くしながらもすぐ白狐のもとにやってきて跪き、

「……本当だわ。私のミイと同じ、優しいグリーンの瞳ね……。お姉様、ミイをケガさせてごめんなさい。それでも私を守ってくれますか？」

姉は一つ頷いて、マリー様の頬にキスすると、マリー様も姉の頬にキスをしたらしい。

その話を聞いて、一時間はエグエグと涙が止まらなかった。

これで一安心だ。パワーでいえばライオンの私のほうが強いけれど、知力を加えれば姉のほうが断然強いのだ。

それに、前世の記憶を持つ私的に、白狐の姉こそ神に見える。

なんとなくおかしな神様の嫌な気配が漂っているけれど、マリー様は白狐様に守られるのだ。そして姉の、姉ゆえの優しさで、マリー様を包み込んでほしい。おそばにいられない私の代わりに。

◇◇◇

一番の心配ごとは消えたけれど、言葉にできないモヤモヤを抱えながら学院に通う。

卒業に向けて、駆け込み受講をしたり、就職活動をしたりと同級生は皆忙しそうだ。よい就職先はやはりこの学院の卒業時の順位がものをいう。最後まで気が抜けない。

ちなみに私は中途の編入者なので、卒業に足りない単位は論文等を出さなければいけなかったけれど、無事卒業見込みだ。しかし学年順位には組み込まれない。

でも、私の場合は地元の牧場主に内定しているので、全く問題ない。

「皆様、目が鬼気迫るものがあるよね……」

教室で、セレスが頰杖をついてそうのたまう。彼女も以前聞いた通り商家の経理に決まっているので、私同様少し他人事《ひとごと》だ。

「第一希望先に就職したいとなったら卒業直前まで忙しいと思うけど、仕事を選ばなければ、この学院卒ならどこか雇ってもらえるんでしょう？」

「まあね。でも永久就職先一本にターゲットを絞ってる人たちは、そうもいかないわけ」

「……なるほど」

婿や嫁に行く先を見つけるのが第一で、それが決定したら、その嫁ぎ先の家業を手伝おうと思ってる人もいるだろうなあ、と考える。

「同じクラスの二人の女子もね、一人は婚約に繋がりそうな相手を見つけてホクホクだけど、もう一人はまだアテがなくてね、今では完全に別行動で、ちょっと険悪な雰囲気らしいわ」

「えー！　衝立の向こうでそんな修羅場が……やっぱりあっちに行かなくてよかった」

　彼女たち、今までニコイチで過ごしてきたというのに。おっそろしい。

「私もミアがこっちにいてくれて嬉しい。それにしてもカップル誕生を聞いてもちっとも羨ましがらないし、アプローチされても我関せずでしょう？　結局……ミアは、誰かを一途に想っているんじゃない？　それも、決して想いが叶うことがない相手」

　セレスの思わぬ鋭い指摘に息を呑む。

「やっぱり……その方が前に言ってた、優しくて本好きな人ってことでしょ？」

　私は苦笑いを返した。誰にも伝える気はないのだから。

「やっぱりネックは病弱なことなの？　なんだか歯痒いわ。誰の悪口も言わず意地悪も差別もしないミアは、幸せになってもいい人なのに」

「そう言ってもらえて嬉しいよ」

「いっそ、前に彼が言ってた宗教の集会に一度行ってみたら？　奇跡が起きて、元気になったら儲け物じゃない」

　セレスの言葉に心が一気に冷えた。もちろん彼女が悪いわけではない。でもこうやって気持ち悪い噂というものはどんどん広がっていくのだと目の当たりにして……。藁《わら》にも縋りたい事情がある人が聞いたらきっと、足を向けてしまうだろう。

　真顔で言葉が続かずにいると、教室のドアから学院の事務員に声をかけられた。

「ミア・アボットさん、ちょっと応接室に来てもらっていいですか？」

「はい……？」

セレスが何事？　と私を見つめる。私も心当たりがなく顔を横に振った。ただ、なんにせよモヤモヤした気持ちになっていたので、この場から一旦撤退する機会を得たのはありがたい。

「よくわからないけれど、行ってくるね。私のことは気にせず先に帰って」

「わかったわ。また明日ね」


手を振って別れて早足で事務員に駆け寄り、彼の後ろについていく。リハビリを重ねて歩くスピードは遅れを取らなくなったのだ。頑張った、私！

「あの、一体どのような用事でしょうか？」

「私も存じ上げませんが、理事のお一人が卒業年度に編入されたアボット様にお会いしたいと」

私の編入は稀なことではあるものの、きちんとルールに則《のっと》って行ったと父に聞いているんだけれど……もし何か不備があれば、退学することになるのだろうか？　そうなっても、ちょっぴり学院生活は味わえたし、就職活動に差し支えるわけでもないし、問題ないか……などと考えているあいだに立派な木の扉の前に辿り着いた。

事務員がノックして、扉を開けた。

「失礼いたします。アボットさんをお連れしました。アボットさん、中へ」

促されるまま入室し、一礼した。そしてゆっくりと頭を上げると――そこにはアレクがいた。

パタン、と音がして、後ろを振り向けば、事務員の男性は扉を閉めて去っていた。

「……座って」

アレクに促され、戸惑いつつも、彼の正面のソファーに腰を下ろした。久しぶりに間近で見た彼は、少し顔がシャープになって、例の件のせいか、若さゆえの傲慢さ？　明るい未来への根拠のない自信？　的なものも消えて、つまり、もう大人だった。

「ミア……よかった。元気そうだ」

「アレク……アレキサンダー様も」

「アレクでいいよ」

「……あの、理事が私に面会をと聞いたのですが」

どうしても目を見て話すことができず、目の前のテーブルを見つめてしまう。

「うん、口実だよ。こういう状況なら逃げられないだろう？　公爵家がこの学院の理事なのは本当だ。王家の次に運営費を出しているからね」

「そうですか……」

この逃げられない状況で、私は何を聞かされるのだろう。少し、いや、かなり怖い。

でも、こうして再び会えて……元気そうで……やっぱり嬉しい。

「……確認させてほしい。ミアはミイで、変身を血統魔法に持つ一族で、ミイの姿でマリーゴールド王女殿下を護衛していた、で合ってる？」

「……申し訳ありませんが、私の口からどこまで話していいのか、わからないのです」

困り果ててそう言えば、アレクは小さく笑った。

「やはりミアは仕事に忠実だね。これ、ジルベルク王太子殿下からいただいてきた」

アレクは胸の内ポケットから小さな手紙を取り出し、この応接室備え付けのペーパーナイフと並べて私の前の机に置いた。封筒のサインは勅命を受けたときに見たことのある、王太子殿下のものに間違いなかった。

私はそれを手に取り封を切り、便箋を取り出す。


『王家の忠実なる僕《しもべ》、ミア・アボット。

このアレキサンダー・ゾマノは先の事件の被害者であり、過失とはいえ加害者を引き入れた人間。つまり関係者である。ゆえに大まかな事実は既に伝えている。彼に君の任務について話すことを許可する。ただし、君のことだけだ。一族については別である。当然彼には秘密を誓わせている。

ジルベルク』

なかなか難しいな、と思いながら手紙を開いた状態でアレクに差し出した。

私と家族と任務は密接に繋がっている。王太子殿下も面倒な条件付きで許可を出してくれたものだ……。

アレクは手紙を一瞥すると、すぐに封筒に戻して私の方へ押し戻した。

「そうですね……私がミアで、マリー殿下のペットだったミイです。隠していて申し訳ありませんでした。そして護衛の任を仰せつかっておきながら、国の至宝である殿下を守り切れず、その婚約者たるあなた様にケガを負わせました。重ね重ね、お詫《わ》び申し上げます」

私はソファーから立ち上がり、アレクのソファーの脇で両膝を床につけ、頭《こうべ》を垂れた。すると即座に肩と背に手を回され、グイッと上半身を起こされた。

「えっ？」

家族以外の男性に触れられることなど、これが初めてで動揺する。

「謝罪なんか受けないよ。あの日のミアの選択は全て最善だった」

そのまま私はフワリと抱き上げられ、元いたソファーに着地した。アレクは当たり前のようにそのまま隣に座り、足を組んだ。スプーン亭で隣り合って食事するときの距離だ。

「な、なぜ私を抱き上げて……その、軽々しく……」

「そりゃ、君が床に伏せる姿なんて見たくもなかったし？　ああ、軽々しいどころか軽すぎだ。スプーン亭に連れていっていっぱい食べさせないと」

「そういうことじゃないってわかってるくせに！　婚約者のいる身で他の女に触れるなんて」

「私たちは友達だ。場合によっては触れても構わないはず。それとも、友達になったこと、一緒に食事したり語らったときの楽しそうな様子は演技？　嘘だったの？」

「そんな不誠実なことしてないわっ！」

私が言わなかったことは、自分の素性と任務だけだ。思わずムキになる。

「……よかった」

アレクは絞り出すようにそう言うと、切なげに目を細めた。それを見ると、胸がギュッと締めつけられた。

「大ケガだったそうだね」

「まあまあ。でももう、こうして日常生活に戻れてます」

「しかし護衛の仕事に戻らず、この、学院という日常に参加したってことは、護衛は務められない後遺症があるってところ？」

相変わらず、見逃さない人だ。

「どうでしょうね」

私が言葉を濁すと、アレクは追求しなかった。

「アレキサンダー様のおケガは？」

「ミア、アレクと呼ばなきゃ暴れるよ？　敬語も嫌だ」

……暴れられては……困る。

「……アレク、ケガの具合は？」

「君のシールド魔法で守られたからね、ひどいケガはなかったし、マリー殿下が瞬時に治してくださった。殿下は……すごいよ」

マリー様の治癒、そのようにすごいからこそ狙われるのだが、

「よかった……。マリー殿下には自分の意思で、自分の好きな人を治癒するという体験が必要だと思ってたんです。じゃないと、せっかくの素晴らしい魔法を争いの素《もと》でしかないと嫌いになってしまうでしょう？」

マリー様には成功体験が必要だと思っていた。マリー様は感謝されるべき人間で、決して厄介者なんかじゃない。

「ミアの言う通りだけど……私のこと、少しは心配してくれなかったの？」

「心配しましたよ。でも、先ほどの身のこなしや、私を易々と持ち上げられたのを見て、大丈夫だと確認しました」

「ミアが軽いだけだよ。本当はあちこち痛いんだけどね、あいたたた……」

痛くないからこそ言える冗談だ。冗談にできるほど、あの出来事を消化しているのならば、勇気を出して聞いてもいいだろうか？

「アレクは……私を憎んでいないのですか？　私が二つの立場であなたと交流していたこと。護衛としての役割を果たせなかったこと」

「ミア、憎んでないよ。そもそも最初から君は『仕事の中身も素性も話せない』と言っていて、それを承知で私は友にと願ったんだ。ミアからもミイからも裏切られたなどと思ったこともないし、私のケガは自業自得だ」

自業自得と言って苦笑するアレクは痛々しいけれど、私に同情なんてされたくないだろう。

「それよりも、ミアこそ私を憎んでいないの？　私こそが敵をあの部屋に引き入れたんだ」

アレクはさらに苦しげに言葉を絞り出した。

それは間違いないけれど、アレクの付き人が入室した時点で私が排除しなければならなかったのだ。でも、それを言えば、この人をもっと傷つけてしまう。

「そのあたりの背景は、私も関係者として正式な見解を聞いています。その上で私が心底憎んでいるのは、マリー殿下を誘拐しようとしたあの黒ずくめの三人と、その背後の組織。国の宝であるマリー様を傷つける存在……許せない。潰してしまいたい」

マリー様は国の宝である上に……私の宝なのだ。

「……ふふっ、物騒だね。でもミアは間違いなくミイだと今確信したよ。ミイはいつも、全力でマリー殿下を慈しみ守っていたからね。赤ちゃんライオンなのに、その姿は私には母ライオンに見えた」

「ライオンって……気づいてたの？　ていうかライオンを知っているの？」

ポカンと口を開けてしまう。私は今、かなり間抜けな顔になってるに違いない。

そんな私の姿のせいか、アレクもリラックスした表情になり、ソファーの背に腕を回した。

「気づいてると思うけど、私の血統魔法はテイマーだからね。ミアの一族ほどではないだろうけれど、いろんな動物に会ってるよ。初めてミイを見たときは……我が目を疑ったね。なぜここに絶滅危惧種のライオンが？　って」

これで私の隠し事は完璧になくなった。ホッとした。

「私も聞いていいですか？」

「なんでも聞いて」

「今は王都で仕事を？」

「うん、領地で謹慎していたんだけど、反省してるなら国のために働けと、先月王太子殿下に呼び戻されたんだ。先日は視察の帰りだった」

あれはお仕事中だったのだ。それはそうだ。同級生だったマークス殿下やヒューイ同様、もう学院を卒業した、働き盛りの立派な大人だ。

「ミアはあのときどこに行ってたの？　私の部下が他の日も男子学生込みでカフェで見かけたと言ってるけれど」

部下に探らせていた？　私の在籍をガッチリ確認してから今日に臨んだようだ。それにしても見張りに全く気がつかなかった。私の感覚が鈍ったのか、公爵家の暗部組織が凄腕《すごうで》すぎるのか。

「ええと……なんだか、同級生で婚約者のいない女性は少ないらしくて……ちょっとターゲットにされてて。変な断り方して傷つけて、印象に残りたくもないので、大勢でお茶をして、話題を濁している感じ？　です」

「……へーえ」

なぜかアレクがひどく仏頂面になった。

「も、もちろん私は、その、秘密を知りすぎているから、他家に嫁ぐなんてありえないとちゃんとわかってます」

私は王家にわずかでも盾突くつもりはないのだと慌てて誤解を解く。公爵家は当然王家の一番の忠臣なのだから。

「……そうか。婚約者探し……ね。私もこうしてはいられないな」

なんだか表情が冷たいけれど……婚約者といえば、

「こちらに戻ってマリー殿下とはお会いに？」

「いや、マリー殿下は今、陛下の方針で極力外部との接触を避けておられる。でも王太子殿下の話では健やかにお過ごしだそうだよ」

「それは……お寂しいですね」

マリー様とアレクがどれだけ仲がよかったか、私は目の当たりにしてきたのだ。

「ミアだって、寂しいだろう？」

「……しょうがないです。私も自業自得ってやつなので。お健やかならばそれで」

もう一年以上お会いしていない。マリー様は育ち盛りのお年頃だ。

「大きくなった、だろうなあ……」

マリー様の笑顔と、最後の悲痛な泣き声が脳裏に蘇《よみがえ》り、思わず涙がこぼれ落ちてしまった。

すると一瞬で、アレクの胸に顔を押しつけられていた。

「ア、アレク？」

「泣けばいい。私たちは友達なのだから」

友達とは、胸を貸すものらしい。ならば甘えていい？

「マリー様……会いたい……」

私が小声で本音をぽろりと漏らすと、アレクも私の耳元で、真剣な声で囁いた。

「必ず会えるようにするよ。大好きなマリー殿下とミアのために。全ての危険を排除する。これ以上……コケになどされてたまるか」

アレクはそう言い終わると、ぎゅっと私を抱く腕に力を込めた。

彼の腕の中で涙目でいた私はハッとした。アレクは相当怒っているのだと、今さら知った。

アレクに見つかり、面会したことを家族に報告すると、特に驚かれなかった。

まあ、家族は私と彼が街で友達付き合いしていたことを知らないから、私がいろいろな葛藤を抱えていたとは思わないだろう。

隠しても、優秀なゾマノ公爵家の部下？　に見つけ出されるに決まっているので、大人しくアボット伯爵家の住所も教え、ロイドにも伝えておく。すると早速手紙が花束とともに届いた。

「これは……結果的に敵を安全圏に引き入れ、ミア様をケガさせた詫びと受け取ってよろしいので？」

ロイドが私に確認するので、頷いた。

「律儀よね。アレキサンダー様のせいだなんて、私は一瞬も考えたことはないし、先日もそうお伝えしたのだけど」

「……ミア様は既に詫びを受け取っていて、撫子《なでしこ》に黄色のマーガレットと赤いバラというなかなか意味深な花束……ふむ。命の恩人として感謝していることも事実で、理解されるから受け取り拒否される心配もない、と……ミア様、お手紙を拝見しても？」

「ん？　いいけど短いよ」

手紙の中身は週末、街歩きをしようというものだ。きっとスプーン亭に一緒に行きたいのだろう。

こうなった以上一度は行かねばならないと思っていた。

「ミア様、このお誘いに乗る予定ですか？」

「うん」

「……まあ、これ以上ないくらい、素性のはっきりした方ですしね。まだ立場も整ってない以上慎重でしょうし、ひとまず問題ないでしょう。お忍びですか？」

「そう。だから特に準備はいらない。いつもロイドやコニーとケーキを食べに行くときの洋服でいいの」

「かしこまりました」

◇◇◇

アレクとのお出かけ当日、この屋敷でレアキャラの父がなぜか帰宅して、人の姿で私と一緒にアレクを出迎えた。

「初めまして、ゾマノ公爵令息。娘がお世話になっているようで」

私と同じく庶民の装いのアレクは一瞬固まったが、すぐに復活した。

「……アボット伯爵、ご丁寧なご挨拶ありがとうございます。例の件ではご令嬢に大変な苦痛を与えましたこと、深くお詫びいたします」

「……いいえ、百パーセントあなた様のせいとも言えますまい」

ちょっとはアレクのせいだと言いたいの？　付き人を管理できなかったのはアレクの脇の甘さと？　そうかもしれないけれど、もう禊《みそぎ》は終わったのだ。それにアレクも傷を負ったのだ。

「当家のヒューイからも、あなた様と付き人の様子は学院時代より大変良好であったと聞いております。まあ、残念な結果になりましたが。とにかく我がアボットに借りがあるなんて考えは持たないでよろしいのです」

「……恐れ入ります」

二人は貴族らしく、声を荒らげるでもなく、微笑を浮かべたまま会話を続ける。それにしても、なぜ父は公爵令息相手にここまで強気に対等に喋れるの？　大丈夫？　私はどんどん胃が痛くなった。

「ただ……故意であってもなくても、娘をこれ以上傷つけることはご容赦いただきたい。娘は貴族との良縁などなくとも、領地で平和に生きていけるのです」

父が学院の同級生たちの親のように、しゃにむに良縁を見つけろと言わない人でホッとする。

「ご令嬢を二度とつらい目になど遭わせません。幸せにしたいと思っています」

……ところでさっきから良縁だの幸せにするだの、二人は一体なんの話をしているの？

「父様、変な責任をアレキサンダー様に負わせるのはやめて。私はちゃんと、自力で幸せになりますので」

ささやかな幸せなら、牧場で働きながら見つけることができるはず。

「だ、そうですよ。まあまだあなたには資格がないから、この子がそう言っても否定できませんよね」

「父様！　さっきから〜……」

相手は国のナンバー2だからっ！　闇討ちされてもしょうがないくらい無礼な物言いだ。

「ミア様、大丈夫です。ミア様とお父上はじめご家族に、ますます真摯に向き合おうと思うだけですので。日差しが強くなってきました。そろそろ参りましょう」

アレクがそう言って、私に肘を差し出した。私は自然とそこに手を添えた。

「では父様、行ってきます。お仕事頑張ってね」

父が片手を軽く上げたのを見届けて、公爵家のいつものお忍び用の馬車に乗り込んだ。

馬車に乗り込むや、ドンと五十キロ超の重みにのしかかられた。

「……カール！」

アレクの相棒、大型犬のカールだった。

ハッハッと息をして私をペロペロと舐めそうになるのを押さえつつ、全身にざっと視線を走らせる。今はどこもケガはないようだ。

私はキチンと座席に座って、改めてカールを抱きしめる。

「カール、あのときは勇敢だったね。マリー様を守ってくれてありがとう。そして……威嚇しちゃってごめん。本当はあんなことしたくなかったのよ？　私のこと、嫌いになっちゃった？」

「わわわん！」

カールは再び私の顔をペロペロ舐めた。私がそれを受け入れてキスを返すと、安心したのか、私の膝に顔を乗せてくつろいだ。

「ああっ、お化粧全部落ちた。コニーに一時間も早起きさせられたのに……」

「化粧してたの？　わからなかった」

そのナチュラルメイク加減が、侍女コニーのテクニックだったのだ。なんとなくいつもより可愛い、的な。無になったけれど。

「化粧してたらスプーン亭の皆が驚くからちょうどよかったんじゃないか？　それよりもいつまで私に敬語を使うつもり？　前も注意したよね。それこそスプーン亭でギョッとされるよ」

「でも……ですね」

弱小伯爵家の役立たずになった末娘と、公爵家嫡男、純然たる身分差がある。

「ミアはもう、私と友達ではないの？　私がミアの大切なマリー殿下を傷つけたから？」

……その話を引き合いに出すのは卑怯だ。

「わかりまし……わかった。でも二人のときだけね」

「もちろん。私は二人のデートに邪魔が入るなんて我慢ならないからちょうどいい」

「は？」

商店街の手前で馬車が止まる。アレクが先に降りて私に手を添えてくれた。

「王都のこのあたり、私は久々だけれど、ミアはちょくちょく来ているんだろう？　オススメのお店に連れていってほしいね」

なんとなく、会話にトゲを感じるのは気のせいだろうか？

「まあ……卒業までに、王都の話題の店には一通り行ってみたいと思ってる」

領地に戻ればもう、そうそう王都に来ることもないだろう。

私たちは通い慣れた道をゆったり歩いた。気の早いセミがミンミンと鳴いている。アレクと出会ってから、もう二年になるんだな、と思った。

「ミア、領地に帰りたい？」

帰りたい？　と聞かれるのは何か違う。その一本道しかないのだから。

「領地には私の役割があるから。私、牧場の運営を任されることになってるの。なんとなく想像つくと思うけれど、うちの領地、たくさんの動物が放牧されているの」

「奇遇だね。うちもだよ。うちにも働きがいのある牧場があるよ？」

テイマーなゾマノ公爵家、なるほどと頷く。

「オーナー！　ミアさん！」

スプーン亭に到着すれば、従業員総出で私たちを迎えてくれた。その様子に居合わせた数組の客は何事かと振り返った。

ただの一般人なので戻って戻って！　と思ったけれど、アレクが無駄に人目につくやつだった……。やむなし。

「ミアさん、ずっといらっしゃらなかったから、いろいろ……心配してました」

皆を代表して、ユリアがエプロンを揉み絞りながらそう訴えてくれた。

「ちょっと事情があって、田舎に戻ってたの。ごめんね。それにしてもすっかり人気店みたい」

店構え自体は何も変わっていない。平民が入りやすそうな、素朴な佇《たたず》まいだ。

でもユリアはじめ従業員のエプロンや靴が統一されていたり、貸切のご案内や、予約済みで臨時休業のカレンダーが貼ってあったりと、繁盛ぶりが窺える。

一人一人と挨拶を交わしたあと、私とアレクは窓際のテーブルに案内された。

「何になさいますか？」

「もちろん本日のオススメにする。そういえば、学院で、スプーン亭を参考にした定食が流行ってるって知ってた？」

「はい。オーナーを通じてちゃんと真似してもいいかというお問い合わせを受けてびっくりしました。スプーン亭を宣伝してくれるならって条件をつけて、ＯＫを出したんです」

「わあ、商売上手ね」

うまい落とし所だ。貴族が運営する学院の食堂にマージンを求めるのは得策ではない。アレクを見れば、ニコッと笑った。

「今年度からね、もう私は出資していないんだ。ただ、仕入れや帳簿付けのうまい部下を一人派遣しているけれど。もうスプーン亭はすっかり軌道に乗った。彼女たちの店だよ。私はただの大家だ」

「わあ！　おめでとうございます！」

思わずパチパチと拍手する。

「そんな……まだまだ私たちだけでは運営できないことくらいわかってます。でも、いつか……もっと実力をつけるまで、ミアさん、来てくれますか？」

真面目な彼女たちには、些細な嘘も吐いてはいけないだろう。

「ええとね。実は来年には田舎に帰る予定なの。でも、それまではしょっちゅう来るし、王都を引き払っても、用事を作ってたまに顔を出すね」

「え……？」

ユリアたちはショックを受けた顔をしてくれて、なんだか申し訳なかった。

と思ったら、なぜか、厨房担当のおばちゃんたちがギロッと睨んだ……私でなくて、アレクを。

「……オーナー？　どういうことですか？　この一年で懲りたと言ってたでしょう？」

「そうですよ。まだモタモタしてるんですか？　信じられない！」

「オーナー、ひょっとして付き合いの長い自分の立場にあぐらをかいているんじゃないでしょうね？　行動派の金持ち貴族が動けば、あっという間に丸め込まれて掻《か》っ攫《さら》われますよ？」

「ぐっ……」

よくわからないけれど、アレクは胸を押さえうめいている。深傷《ふかで》を負った？　でもアレクも含めてみんな仲良さそうで何より。

「あの、そろそろお料理食べたいな、なんて？　ほら、あちらのお客様も、何か注文したいみたい？」

私が様子を窺うようにそう言えば、「かしこまりましたー」と皆様散っていった。

「アレク、ずいぶんと従業員の皆様と距離が近づいたのね」

「……いろいろ情けない姿を見せたら、パシーンと背中を叩かれてね。女性は強いよ」

公爵家嫡男を叩くとは……アレクは自分の身の上をはっきりと伝えてないだろうから、まあセーフ？　本人が気にしてないのだからいっか。

想像しなくもなかったが、私たちのテーブルには定番の肉や魚料理から、数種の野菜の上にチーズがトロリと溶けたグリルにふわふわのオムレツ、見たことのない大きなキノコのホイル焼きにカラメルの甘い匂いが漂うデザートなどなど、到底二人分ではない料理が運ばれてきた。

「本日のオススメ定食と、ミアさんが不在のあいだに増えた新作メニューです！　急に暑くなってきたので冷たいデザートも追加しましたよ」

「………………」

「大丈夫だよ。ミアは一口ずつ食べて感想を教えて。いつも通り残りは私が食べるから。ではいただきます」

「いただきます」

私が大皿から取り分けるたびに残りをパクパク食べるアレク。前も思ったけれど、こういう親密なことをするから私が勘違いしそうになる。恨めしく思って、じっと睨んでいると、

「あ、心配しないで大丈夫。もう二度と大事なものを傷つけないように、毎日鍛錬していてね。このくらい食べてもすぐ消費しちゃうから。ミア、美味しい？」

「……もちろんすっごく美味しい」

キャーッと歓声が上がり、厨房を見たら、皆がハイタッチしていた。

その様子を見て私も笑い、難しいことを考えるのはやめて、ひたすら料理を楽しんだ。

◇◇◇

通学路の木々も色づきはじめ、学院で過ごす時間も残り半年ほどになった。

私が提供した、学院でも新宗教の噂が広まりつつあるという情報を受けて、父から私はそのまま病弱設定を貫き、魔法の実技授業も最後まで参加しないように命令された。いざというときに備えて、私の実力を秘匿するためだ。特に注目を浴びたいわけではないので問題ない。

ただ、卒業を間違いないものにするために、わざわざ学院に出向いてくれたマークス殿下立ち会いのもと、学院長、副学院長の前でだけレベルMAXまで伸ばした闇魔法を見せた。血統魔法が特殊な場合はこのような例がたまにあるそうで、特に問題とされないらしい。

「私がミアの腕は保証すると言ってるんだ。文句のあるやつなどいないだろ」

久々に会ったマークス殿下は、華やかな容姿が少しやつれている。

「殿下……お仕事忙しいのですか?」

「うん。フレスカ王女を迎えるにあたって、兄が忙しくしてて、兄の仕事が私に回ってくる。兄が側近のアレックスを呼び戻してくれてよかったよ。ミア、アレックスを許してやったんだって?アレックスがキビキビ働きだして助かってる」

「私が許す問題じゃなかったと思うんですが……アレキサンダー様の胸のつかえが取れたのならよ

かったです」

するとと、マークス殿下は右の口角だけ器用に上げた。

「ミア、アレックスとよく城下でデートしているらしいじゃないか?」

デートぉ?

「ちょ、ちょっと殿下、誤解です誤解! デ、デートなどではありません! アレキサンダー様はマリーゴールド殿下の婚約者です。そんな……ああ、誤解を招くような行為をした私が悪いですね。二度と、アレキサンダー様とお会いしません。まさかマリーゴールド殿下のお耳にも入ってるのでしょうか? 私はマリー様をまたしても傷つけた? ああ、私は……」

「おい、待て! ミア落ち着け! そしてちょっと黙れ!」

取り乱す私の両肩をマークス殿下に掴まれ、ガクガクと揺さぶられた。私は慌てて命令通り口をつぐむ。

「そんな泣きそうな顔するなよ……。まずね、ミアがアレックスと出かけるのは全く問題ないから。むしろ王家的には推奨する」

迷惑をかけてはいないらしいのは、ホッとしたけれど……、

「……推奨? なぜですか?」

「ん〜、今はなんとも説明しづらいな。二人とも忠義者だし働き者だし、息抜きして仲良くなってもらったほうが、みんなハッピー?」

「ハッピー?」

さっぱり理解できない。

「たぶんネックは妹のことだと思うけど、全く問題ないから。マリーはアレックスも好きだし、ミイも好きだから、大好きな二人が仲良くなると、喜ぶだけだよ」

今はそうでも、マリー様が大人になれば考え方も変わるだろう。自分の婚約者がいくら大好きなペットであれ女と二人で城下に出かけたと聞けばいい気持ちはしない。

「はあ……いっそ私が男性だったら、マリー殿下のお気持ちを煩わせなかったのに」

「なんでそうなる？」

なぜか殿下が右手で頭を抱えた。

「ミアが男だったらマリーの護衛になんてなれないだろ？　アレックスもさすがに君が男だったら浮かばれない。君は気づいてないみたいだけど、私だってヒューイやケビンと同じく、君を可愛い妹分だと思ってるよ？　じゃなきゃ、私のパーソナルスペースで朝っぱらからご飯食べさせたりしない」

そう言ってもらえると、信頼の証のようで嬉しい。けれど、

「そ、それはそうですが、この状態がいいとは思えません！」

動物になるしか取り柄のない私に深い事情などわかるわけがない。涙目になって答える。

「とにかく、アレックスと出かけるのはOK、そして他の男と出かけるのはNG！　わかった？　思い通りに動けないこの現状にアレックスだって切羽詰まってるからね？　特にナジュールとかいうやつは絶対ダメ！　ミア、返事！」

「……ミア・アボットは、輝かしきマークス第二王子殿下の御心のままに」

「よし、じゃ変身して！」

「えー？」

もちろん王家に忠誠を誓うアボットの一員として、従いますが……。私は心臓をタップした。魔法陣が広がり服がばさりと床に落ちた瞬間、殿下の腕に抱かれ、胸元に顔を押しつけられていた。

「あー久々。やっぱカワイイー。この、本物の猫にはない脚の太さとバランスの悪さがたまらない！赤ちゃん独特のまんまるお目目に撃ち抜かれる！　これぞ求めてた癒し～生き返る～」

マークス殿下に頰ずりされて、私は虚無になった。

絶対ヒューイにチクる！


アレクと私はいつのまにか事件の前の友達の頃のように戻っていた。いや、私に護衛任務がない分、会う回数は増えているかもしれない。

一緒にスプーン亭に行ったり、たまには他のレストランに偵察に行ったり、本屋を覗いたり、落ち葉の敷き詰められた公園でカールと遊んだり。

マークス殿下にアレックスの仕事の効率のためにも、無理ない程度に一緒に出歩けと命じられている。

ただ待ち合わせの連絡が、まっすぐ我が屋敷に来ることだけが違うけれど。

「ミア、王立植物園に、西方から新種の鳥が親善で来ているって知ってた？」

「知らない！　見たい！」

「すごいな……トサカが金色だ」

「え、見えない……」

私がぴょんぴょんジャンプすると、後ろでクスッと笑い声がしたかと思ったら、さっと左腕に抱き上げられた。

「アレク！」

「しーっ！　鳥が飛んでいっちゃうよ。とりあえずしっかり観察したら」

好きな男性に抱き上げられて、平常心で鳥の観察などできるわけがない。

しかし、その抱き上げ方は子ども相手そのもので、躊躇なく触れることができる程度には好かれているけれど、子どもと同一だと思えば複雑だ。

「ミア？　どう？　変身できそう？」

「え？　えっと……そもそも鳥得意じゃないからね。触らせてもらえたら、魔法陣組めそうなんだけど……。アレクはテイムいけそう？」

「テイムならいけるよ？　ただ、テイムして何ができるかだよね」

二人でじっと、この国にはない藍色に星の入った瞳を見つめる。本当は私も変化する際の魔法陣やメリットを考えなくちゃいけないのに、私を抱き上げたアレクの体温や、ミント系の爽やかな香りにばかり気を取られてしまう。

「次行こうか。白と黒のツートンの熊もいるらしいよ」

「ああ、確かパンダっていうんだよね。小さい頃見たことがあるわ」

ただし前世で。

「想像できない……楽しみだ」

アレクは私を地面に下ろすと、当たり前のように手を繋ぎ、ゆっくり歩いた。私が脚をまだ少し引きずっているのに気がついている。こんな気遣いをしてくれるから、私は勘違いをしてしまうのだ。

この人は、私の大事な、大事なのに守り切れなかった、マリー様の婚約者なのに……。

「あの……マリー殿下と会えてる？」

「いや、全く。マリー殿下の情報欲しかった？　ごめん何もないよ。王妃殿下のもとで健やかに暮らしてくださっているといいけれど」

そう寂しそうに言うと、秋の晴れ渡った空を仰いだ。私もそれに倣う。マリー様の頭上がいつも青天であればいい。

先日のマークス殿下の話しぶりといい、アレクとマリー様が今どういう状態なのかさっぱりわからない。でも私は聞くことができない。臆病者だから。

「どうしたの？　疲れた？」

「ううん？」

「ミア、口を開けて？」

「え？」

そう言った拍子に口の中にころりと小さな塊が入った。舌で転がせば、甘い。オレンジ味のキャンディーだ。

「疲れが取れるだろ？」

「……マリー殿下にもこんなことしていた？」

自分の声が恨めしげに聞こえて、慌てて口を手で押さえる。なんて……なんて身のほど知らずなことを。

「王女の口に？　それは不敬だろう。毒見もできないし。こんなことするのはミアだけだ。飴を食べさせるのも、一つの料理をシェアするのも、ミアだけだね」

そう言って微笑むアレク。

アレクは私の失言に全く気づかなかった。それどころか、私が特別であるかのような物言い。聞いてしまったのは私だけど、そんなこと言わないでほしい。顔に熱が集まる。

私が俯くと、彼は立ち止まって体をかがめ、私を覗き込んだ。

「……困ったな。うぶすぎる。誰にも見せたくない。早く問題を解決しないと……」

「え？」

聞き返すと、アレクは私の頬を両手で挟んだ。

「な、何？」

「顔が赤いから、熱中症かなって。私の手、気持ちいいだろう？　魔法でキンキンに冷やしたよ」

治療だと言われれば、無碍《むげ》にできない。でも、ますます顔が熱くなる。

「……ふふふ、ミアの真っ赤な顔を見るのも冷やすのも、私の役目にしよう。他の人間を頼ってはダメだよ？」

「そ、そう簡単に、真っ赤になんかならないしっ！」

私がムキになってそう言えば、アレクは私の頬を軽くつねって手を離し、腰に手を添えて目的地に誘導した。

「ほんっと、可愛いな」

アレクの声に頷く。細長い葉っぱを食べるパンダは、確かに可愛かった。

◇◇◇

「ミアってば、最近よく素敵な人とデートしてるって聞くんだけど？」

教室を移動しながら、セレスにまでそう言われて驚いた。私が男性と街中を歩くとすればアレクか執事のロイドだ。

どちらにせよ、学院のない週一、この頻度は「よく」なのだろうか？　それにしても、

「私、きちんと町人風の洋服を着てるのに、なぜ気がつかれるの？」

「クラスメイトとか、そもそもミアを知ってる人なら、いくら変装してても、気づくんじゃないの？」

「そんなもの？」

暇人か？　と呆れてしまう。

「で、どういう関係なの？　ご両親公認の婚約者候補？」

「婚約者ではないけれど、あちこち出かけているのは両親公認ではあるね」

「きゃー！」

セレスに誤解されたとは思ったけれど、敢えて正さないでおく。最近は病弱設定じゃ追い払えないほど、「私は動物好きだから、ミア様の領地についていけるよ」アピールをする男子学生が多いのだ。

よほど就職活動がうまくいっていないのか、牧場仕事を軽く考えているのか……だんだん煩わしくなってきた。敢えて私を中心街に引っ張り出しているのはアレクだ。噂でくらい役に立ってもらってもいいだろう。二学年上の公爵令息の顔を知っている者はそういないはずだし。

「ふーん、おめでたいパーティーのときは私も呼んでね」

どれだけ待ってもそんなパーティー開催されないけれど、言葉を濁す。

「じゃあ、私もセレスの結婚式、呼んでくれる？」

私が軽くそう言えば、セレスが目を見開いて固まった。

「え？」

ひょっとして、結婚式に呼んでもらえるほどに仲良しだと思っているのは私だけだった？　自信過剰？　だとしたら今すぐ穴があったら入りたい。

「ミア、私の結婚式に、来てくれるの？　領地からわざわざ？　格下の貴族なのに？」

「え？　ダ、ダメなの？」

私、何か常識外れなことを言った？　学友の結婚式に参列するって普通のことだと思ったけれど、これも前世の記憶だった？　オロオロと手にした教材を強く握り込む。

「ダメじゃないっ！　嬉しい！　絶対来てね。準備が整ったら招待状出すから」

「うん。じゃあ、ご招待待ってる」

よかった。嫌がられていない。セーフだ。

「……ミア、わかってないみたいだけど、私たちの結婚式に伯爵家の令嬢が足を運ぶって、それだけでハクがつくの。もちろん、私は純粋にミアが祝ってくれることが嬉しいのよ？」

「えー？　うち、伯爵家といっても底辺だよ？」

「そんなの下々にはわからないもの。ああ、ひょっとしたら、両親にスピーチ頼まれるかも？」

「それは無理！」

「カンペ書いてあげるわ」

それ以降、セレス以外にも直接アレクのことを聞かれることが数回あった。そのたびに曖昧に笑って過ごすと、徐々に婚約者になりたいとアタックしてくる人は減り、他の女性に睨まれることも減り、セレスと一緒に平穏なランチタイムを楽しめるようになっていった。

◇◇◇

やがて霜が降りる季節になり、卒業がすぐ目前に迫ってきた。

この学院に来て、セレスという友人ができた。両親に感謝だ。領地に帰ればなかなか会うことはできないけれど、手紙のやり取りを約束している。文通も初めてで楽しそうだ。

そう、王都を離れれば、アレクに会う機会もなくなるけれど……再会して気まずい別れのままで終わらずに済んだ。やはり両親に感謝だ。

「思い出がきっと、生涯私を温めてくれるわ……」

そんなことを考えていると、急に全生徒が講堂に集められた。

「誰？　すごい美人が来たわよ！」

セレスの声に私も背伸びする。紫の髪に、金の瞳、遠目にも大した美人の若い女性が、供をゾロゾロと引き連れて、学院長とともに入ってきて、壇上に登った。

「生徒の皆さん、こちらはサーフォーゲン王国の王女で我が国のジルベルク王太子の婚約者、フレスカ王女であらせられます。未来の王妃殿下が我が校に視察に見えました。盛大な拍手を！」

わああという歓声とともに、拍手が嵐のように渦巻く。私も手を叩きながら、ついクセで注意深く観察する。

「ねえねえミア、美しくて賢そうな王女様ね。王太子殿下とお似合いになりそう」

「そうね」

確かに美しいけれど、私のマリー様に比べれば、凡人の域を超えない。

それよりも気になるのは……護衛が知らない顔ばかりなことだ。

私はマリー様の護衛につくにあたって、王族の護衛の顔を全員覚えた。とっさのときや、私服姿のときであっても同士討ちしないためだ。

今、あの王女様の護衛である背後の二人、下に控える三人、講堂の観衆内に散らばってる変装した四人のうち、名前がわかるのはたった三人だ。

私が辞めたあとに入った新人？　いや未来の王妃に新人などつけるわけがない。じゃあ、王女が国から連れてきた子飼いの護衛ってこと？

ありえない。嫁入りするのに侍女はともかく護衛を連れてくるのは、あなたの国は安心できないと言ってるのと同義。なぜこんなこと、国は許しているの？

そして、王女の右後ろに立つ男……見るだけで毛が逆立つ気分だ。あの男は……血の匂いがする。気持ちが悪い。

帰宅後、早速ロイドに告げる。

「ねえ、自国から殺人鬼を引き連れてきてる王女って要注意と思うのは私だけ？　王家がなぜ見過ごしているのかよければ知りたいんだけど？」

私のマリー様のそばに一片の不安も落としたくはない。

「王太子殿下はあの王女様とどう付き合ってるのかしら？」

ジルベルク王太子殿下のことは百パーセント信頼しているし、忠誠を捧《ささ》げているけれど……恋は盲目ともいうし。

「殺人鬼とは……間違いないのですか？」

ロイドが右眉をピクリと上げて問い返す。

「念のため、中座して物陰で一瞬変身したもの。それも成獣に。ライオンの五感を舐めないで」

違和感があれば即報告、は我が家の家訓だ。

「ミア様が、身バレの危険をおかして確認を？　わかりました。旦那様に連絡します」

「うん」

ふと、アレクにも伝えたほうがいいだろうか？　と頭に浮かんだ。彼は王太子殿下の側近なのだ。

アレクが王太子殿下に注意を促せば……。

でも、何か、考えあってのことかもしれないし、余計な心配をかけることになるかも……。うん、
父の返事を待ってから決めよう。


翌日、兄が文字通り飛んできた。

「兄様！」

「ミア、連絡ありがとう。座って」

父の書斎に兄とロイドと三人で集まる。コニーが手際よくお茶を出してくれた。

「ミアの感覚は我が一族は完璧に信用している。ゆえに父が陛下に進言した」

「陛下に……」

なんの証拠もない私の言葉を信じてくれる家族に、やはり感激して目が潤む。王女はまだ婚約者

であっても、既に我が国の王族と同じ扱いだ。王族を疑う発言は場合によっては死ぬことになる。

兄はクスッと笑って、私の目尻をざらざらした親指でぬぐった。

「心配いらない。我らは誰が王妃であっても直接利のない一族だ。意味なく王女を貶《おとし》める理由がない。それに、王家とは何世代と培ってきた信頼関係があるし、我らは王家に不興を買っては生きていけない弱小一族だとバレている」

「そういえば……そう」

「ただし、我らにとってはミアの嗅覚だけで、王女の護衛が後ろ暗いことの証拠になるが、政を動かすのは無理だ」

私は静かに頷く。わかっていたことだけれど、歯痒い。

あの匂いは……残念なことに、たまたま、血を流した人間のレベルではない。日常のように他人の血を肌に浴びている人間のものだ。

ちなみに陛下とフレスカ王女との謁見はこれまで数度しかなく、その際も、さすがのフレスカ王女も陛下の御前に護衛など連れてこられない。ゆえに父は気づかなかったとのこと。

「なぜいつまでも他国の人間を置くのか、回答をもらえましたか？　それも戦闘職を」

「知らない護衛が怖いんだと」

「……最悪」

知らない護衛が怖い……それはマリー様の発言だ。王女であるマリー様がその発言で周囲を心許せる人に守らせているのに、王太子妃、やがて王妃となる、この国で最も重要な女性の要望を聞けないとは言いにくい。

「やがて、こちらの護衛に慣れましたら国に帰しますと言われて、ひとまず婚礼までは王女の護衛の滞在を、陛下は容認された」

「マリー様の発言、他国にまで漏れているなんて……」

「ミアがマリー殿下につく前の話だ。あの頃はマリー殿下の周りは、誰か一人でもマリー殿下が受け入れられないかと人間の入れ替わりが激しかったからな……今さらしょうがない」

兄が敢えてすぐ飲めるように冷ましてあるお茶をガブリと飲む。

「兄様から見て、フレスカ王女はどのようなお方ですか？　王太子殿下との仲は？」

「非の打ち所がないお姫様だよ。美しく、聡明《そうめい》で、使用人にも優しい。そして腹の底は全く見えない。まさしく王族だね。王太子殿下もそんな王女を尊重し、敬意を持って接していらっしゃる」

まさしく王族であろうけれど、私は付き合いたくないタイプだ。

「……恋愛関係ではないのね？」

「私見だけれど、二人とも情に振り回されるタイプではない。ちなみに私はあの王女が苦手だ」

「おや、お珍しい」

ロイドが思わずと言ったように口を挟んだ。私もびっくりした。兄は仕事に私情など挟まないカタブツだ。

「そういえば姉様からも兄様が王女を警戒している話は聞きました。あれ以来、他にも何かあったんですか？」

「王女はね、王太子殿下とハグしながら、殿下の後ろの止まり木にいる私を、鼻で笑うんだよ。毎度なんの宣戦布告だよって思っている」

王女には姉を護衛としてつける予定があった。しかし王女は断った。つまり、王族の周囲にはべる動物が変化した人間の護衛であることを知っている。

「うわあ……嫌な感じ。でも、兄様に嘲《あざわら》ったのを気づかれるなんて不用意すぎやしませんか？」

「私に知られたところで痛くも痒くもないんだろう？」

そんな曲者《くせもの》だと知れば、余計に不安が押し寄せる。

「姉様はマリー様のおそばにいる？」

「ああ。キャシーはきっちり張りついてる。キャシーが外すときはヒューイが必ず入れ替わりでついている。心配いらない。だが……慢心は禁物だ。既に我々は何度も失敗している」

胸がズキンと痛む。下唇をギュッと噛む。

「それでだ。王太子殿下の大聖堂での正式な婚約式が二週間後に決まった。さすがに自国の王女であるマリー殿下は参列せざるをえない」

マリー様が……不安がぬぐえない状態の外に出る。

「そこでミア、陛下からの命令だ。婚約式当日、キャシーは最小化して、殿下の首に襟巻きに擬態して巻きつく。最もそばでマリー殿下を守り、二人の周囲に結界を張る。ミアはその二人をひっそりと護衛せよ。そして緊急の場合は、成獣になれ」

「陛下が命令？」

まさか……また私は働けるの？　大好きなマリー様を守ることができる？

体がブルッと震える。以前のようには動かないこの体に不安はあるけれど、それでも……。

「かしこまりました。挽回《ばんかい》のチャンスを、ありがとうございます」

「ミア、気負ってはダメだよ。あのとき閃光弾を放ったように、事が起これればアボット一族全員で、マリー殿下をお守りするんだ。ミアは一人ではない。実際一人では捕まえられないと実証済みだ。協力こそが成功への鍵だ。いいね」

「はい」

ここ数年、姿を見せていなかったマリー様が、とうとう表舞台に出る。

何も起こらなければそれに越したことはない。

ただ……マリー様に不埒《ふらち》な輩が一ミリたりとも近づかないように、密やかに全力でお守りする。

三階の窓から飛び立った兄を見送ると、私は、引きずる足に負荷をかけて、リハビリ以来のトレーニングを開始した。

第九章　大聖堂での婚約式

その日は、我が国の未来の王と王妃を祝福するような、冬晴れだった。

私はこの日に合わせて、数年ぶりに上京した母の持つ蓋付きの籠に入れられて王宮に向かう。もちろん赤ちゃんライオン姿で。

母は腐っても伯爵夫人であるから、今回持ち場から離れられない父に代わって、アボット伯爵家の代表として参列する。

そんな母の持つ招待状には、特別に陛下の判がズンッと押されている。この招待状を持つ者の持ち物検査など、絶対やっちゃダメ！　という暗黙の了解だ。

そして私は当然、鳴いたりしない。正直鳴いたとしても、陛下の許可は取っているから、罪に問われることはないけれど、この大事な日に騒動は避けたいところだ。

婚約式が行われるのは王宮内の大聖堂だ。しかし母は衛兵に案内され、まっすぐ兄の執務室に向かう。まあ、はるばる領地から出てきた母親が、息子の職場訪問をしたいというのは自然なことだろう。

扉を衛兵がノックして、開けてくれると、

「母上！」

と兄が手を広げて出迎えた。その背後でバタンと戸が閉まる。

「「…………」」

兄が部屋に結界を張ると、母が籠をテーブルに置き、蓋を開けた。私がぴょんと飛び出す。

「……うん。ちゃんと勘は戻ってるみたいだな」

兄が私の足取りをじっくり真剣に確認しながらそう言った。

さっと母が私に籠の底にあったマントを取り出しかぶせる。

『解』

私は二秒ほどで、一旦人に戻った。

「兄様は王太子殿下の護衛につかなくていいの？」

「今は、大っぴらな護衛がわんさかついてるから、隠れ護衛は必要ない。式典に母上とともに参列するよ」

よく見れば、兄も正装だった。

「父様は？」

「父上は陛下の横です。陛下の身は用心しすぎることはありませんからね。ジャンプすればマリーゴールド殿下を守れる距離です」

陛下がペットの黒犬を片時も離さないことは有名だ。歴代の王様は動物好きということで通っている。

「ミアはチビの姿で式典会場の大聖堂の屋根裏を一周し、危険を排除したのちに、中二階の隠し部屋に入れ。鍵は開いている。そこで成獣になって待機だ」

兄はそう言うと、テーブルに大聖堂の見取り図を広げた。隠し部屋は祭壇の、正面から向かって右後ろで、教会全体が見渡せる。日頃王族の隠密が、臣下の様子をこっそり窺うために利用する場所のようだ。嫌な秘密を知ってしまった。

「結界は張りますか？」

「既に私とヒューイで張ってるし……我々の裏をかける人物ならば、既にこの宮殿の中にいるだろう。下手に結界維持で体力魔力を消耗しないほうがいい。マリーゴールド殿下単体にはキャシーが張っている。ミアは百パーセントの力で外敵だけに注力だ」

「マリー殿下の立ち位置は？」

兄が図面に指を指す。

「王族は右手に並ぶ。つまりミアからは近い。左手は要職者と公爵家、三侯爵家。母上と私は招待席の三列目だ」

アレクはマリー様の反対側か……。

「つまり、マリー殿下の守りは一が襟巻きになりきっている姉様、二がマークス殿下の陰にいるヒュー、三が陛下の横に座る父様、四で私、ですね」

「違います。一がミアです。何が起こるかわからないの。式場にいる私たちはとっさに動けない事態に陥るかもしれません。ミア、俯瞰《ふかん》にいるあなたが有事には指揮を取る気持ちでいなくてはダメ」

母が閉じた扇子を私に向けて厳しく確認する。

「……わかりました。母様」

気持ちを引き締めて、母と兄に頷いた。

「アボット総員あげて、今日一日乗り切るわよ」

「「はいっ！」」


再び猫（偽）に戻った私は、母と兄と別れて、王家猫だった頃のナワバリを見て回る。ヒューイと姉の結界がガッチリかかっていて、なんの問題も見当たらない。

つまり、敵はコソコソと王宮にやってくることはできない。正面から堂々と、やってくるのだ。馬車の停車場から続々と入場する、煌びやかな人波を、屋根の上から見下ろす。本日の招待客は三百人。普段王族周りでない、見慣れない使用人も加えれば倍の六百人に膨れ上がる、要注意対象者。体の奥から震えが走る。

私は……無事任務をこなせるだろうか。

ふと、愛するマリー様と、アレクがダンスする姿が脳裏に浮かんだ。今日も踊るのだろうか？弾むようなマリー様をアレクが優雅に受け止めながらターンして……。

『……絶対に、邪魔はさせないわ』

力づくで己の震えを抑えつける。

『私が守る。今度こそ、二人を』

愛する二人を、私のプライドにかけて守る。

私は大聖堂の屋根に向けてジャンプした。


王宮内の大聖堂は、戴冠式や葬式、今回のような婚約式など、王族の節目の儀式が行われる場所だ。なので貴族であっても、なかなか中に入る機会はなく、早くやってきた参列者はキョロキョロと頭上のステンドグラスや絵画を眺めて歓声を上げている。

「ジルベルク様がご婚約かあ。これで我が国もますます安泰だな」

「はっ、俺は今日のための王都への交通費やら滞在費やら祝金などで破産しそうだ。婚約でもなんでも、貧乏貴族を巻き込まんでほしいものだ！」

……なるほど、こういう話をこっそり聞くための部屋なのね……と納得しながら、静かに隠し部屋の戸を閉めた。

隠し部屋は木の板が複雑に組み合わさった壁になっていて、その隙間から、内部の様子が全て見渡せた。向こうにはこの部屋の蠟燭《ろうそく》の光すら漏れない仕組みだ。素晴らしい。

私は短く太い右脚で、心臓の代わりに左脚を蹴った。グリーンの魔法陣が上から体に降りてきて、私の体が膨らむ。五秒ほどで成獣……というか、年相応のメスライオンに戻った。

『この、本来の姿は久しぶり』

この姿で百パーセントの実力を発揮できるように、幼い頃から厳しい特訓をしてきたのだ。

ケガの前に比べれば、半分も敏捷《びんしょう》さはないけれど、この一年以上、十分に甘やかしてもらった。

今こそ、動くときだ。

私は数秒目を閉じて、神経を研ぎ澄まし、マリー様の入場を待った。

下位の貴族に当てられた後方の席から順に埋まっていく。やがて母と兄も入場し、座った。

滅多に姿を現さないアボット伯爵夫人に、周囲がちょっとざわめいている。それに気づいているくせに、無視するうちの二人にニンマリする。

私が知らない貴族が前方二列目にズラリと座った。彼らは王女の国――サーフォーゲンからの参列者だろう。

そして、その代表と見られる王族専用の軍服を着た少年は、おそらく王女の弟の第二王子だ。彼が入場し、正面の左手に座る。正式な婚約式には王か、王妃どちらか来るのではないだろうか？

その後我が国の高位貴族が入ってきた。

おやっ？　と首を傾げた。アレクが先頭でやってくる。腕を組んでいるご婦人はお母様？

常識的には彼の父である公爵が臨席すべき場面だ。お父様、ご病気だろうか？　いや、公爵が病気ならば、さすがにアボットの耳にも入るし、街歩きのときアレクも何かこぼすだろう。

アレクが参列したいと言った？　自分の仕える王太子殿下の晴れ舞台を見たいと。マリー様のおそばにいたい、と？

だとすれば久々にマリー様に会える期待で、蕩《とろ》けるような笑みをこぼしているのではないだろうか？　と思い、彼の顔を探れば、恐ろしい表情で周囲を探っていた。

彼も、私と同じ目的でここにいるのだ。公爵家も、今日の式典にわずかばかり暗い影がかかっているという情報を得ているのかもしれない。

私は静かにアレクから視線を外した。アレクに負けていられない。

やがて侯爵家も入場し、客が全員配置についた。

ラッパの合図のあと、扉が再び開き、王族の一番手としてマークス殿下とマリー様が腕を組んで現れた。

胸がドキドキと高鳴る。

マリー様は……会わないこの一年で、大きく、お姉さんになっていた。少し緊張した面持ちながらも、王族らしい堂々とした様子で前にゆったりと進む。

首には姉が、狐の赤ちゃんサイズになって巻きついてピクリとも動かない。マリー様、すっかり姉に慣れているようだ……よかった。

ニコニコと妹姫をエスコートするマークス第二王子殿下は、よくよく見るとポケットが小さく動いていて……あそこにヒューがいる。

そのまま進んで、ひな壇の高い場所にお二人は並んで座られた。マリー様は、兄殿下にヒューに白狐な姉、最も近いところで三人に守られている。これ以上の守りはない。よかった。

そして国王陛下と王妃殿下が並んで入場した。全員立ち上がり、頭を下げる。

両陛下が正面の一番高い場所に落ち着くと、全員着席した。

司会が厳かに式の開会を宣言すると、この国の教会のトップである大司教がゆっくりと真ん中に歩み、両陛下に頭を下げて、位置についた。

そして、聖歌隊が国歌を歌う中、ジルベルク王太子とフレスカ王女が腕を組んで入場した。

祭壇の前まで進んだ主役の二人。大司教の問いに王太子殿下、王女の順に答え、儀式は滞りなく進んでいく。そして最後の返事のあと、大司教がリンリンと錫杖《しゃくじょう》を鳴らした。

「あなた方の祈りは神に届きました。ご婚約、誠におめでとうございます」

その言葉に両陛下が立ち上がって拍手し、参列者全員がそれにならった。

婚約した二人は大司教、そして両陛下に礼をすると、参列者の方に向き直り、手を振った。

それを横目で見ながら、私はマリー様を見つめる。マリー様も真剣な表情で拍手をしていた。

マリー様はこのあとのパーティーには未成年ということで不参加。もう少しで今回のイベントを乗り切れる。

マリー様は涼やかな表情をしておいでだけれど、手の震えが私には見える。時間にして残り約五分だ。頑張れマリー様！

オルガンの合図で参列者が腰かけ、場が静まると、王太子殿下のスピーチが始まった。

「皆、今日は私たちの婚約式に参列してくれてありがとう。遠くから来てくれた者もいると思う。感謝する。フレスカ王女と力を合わせて、この国のために尽力することを誓おう。よろしく頼む」

皆一斉に頭を下げる。

あとは大司教が締めの挨拶をすれば、ミッションクリアだ。会場内の空気がほぅっと緩んだ。

「殿下、わたくしからも一言、よろしいかしら」

そこへ、唐突にフレスカ王女の少し高めの声が響いた。

異例の事態に参列者は、口こそ開かないものの視線を飛ばし合い、困惑している。しかし主役である王女の発言を止めて、晴れの日に水をさす猛者はいなかった。

私の毛が一斉に逆立った。一体何事よ⁉

「皆様初めまして。正式に婚約者になりました、フレスカですわ。この国のために微力ながら力を尽くす所存です。よろしくお願いします」

参列者が再び頭を下げる。

「うふふ、皆、姿勢を直ってちょうだい。わたくしね、一番頑張らなければいけないと思っていることは、両国の橋渡しになることだと思うのです」

可愛らしく笑いながらおっしゃることはその通りだけど……まだ喋るのかい？　と突っ込んでいいだろうか？　そういうお喋りをするために、このあとパーティーがあるのだ。この神を前にした式典は厳かに、粛々と終わらせるべきもの。

チラリと視線を上座にやれば、王妃殿下は表情は変わっていないものの、右手に力が入り、いつもより血管が浮き出ていて、マークス殿下は死んだような目になっている。ただポケットの中のヒューと、マリー様の首元の姉はピクリとも反応しない。さすがだ。

「わたくし、今回の従者の中に、国の教会の司教を連れてきておりますの。ジルベルク王太子殿下、わたくしの信仰する教会にも、一緒に誓ってくれませんこと？　両国の平和のために」

王太子殿下は口元でだけ、にこやかに笑った。

「……フレスカ王女、あなたが望むなら」

この由緒ある王宮大聖堂で他の国家の宗教関係者が祈りを捧げる？　一悶着《ひともんちゃく》あってもおかしくないところだけれど、今の大司教様は温厚な方だから、ニコニコと笑って祭壇から退かれた。

すると、観客席から三人の男が立ち上がり、祭壇に一人登った。この男がヒグセプトの司教？　残りの二人は付き人なのか？　その横に立つ。

長くなりそうな祝詞が始まった。

今このとき、頭を下げずに彼らを凝視している人は、危機感のある人間だということだ。参列者の三分の一というところだろうか。

『あ』

付き人二人は、前回王女とともに学院に来た人間だった。つまり司教の付き人ではなく、王女の付き人だ。

そしてそのうちの一人は……この血なまぐささ、私が殺人鬼と判断した男じゃないのっ！

ゾクゾクとした不安が背筋を走る。

やがて他国の宗教家の話が終わると、殺人鬼は懐から小瓶を取り出し、蓋を開け手袋を外し、手のひらに少量こぼすと周りに振りまいた。水しぶきが散る。

ありえない。

聖水的な意味合いがあるかもしれないけれど、我が国の教会にはそんな作法はない。事前の調整もなく怪しい水を振りまく？

……この王女が我が国の国母になって大丈夫なのか？　と思っている人間は、この場で私だけではないはず。

シュルッとわずかに何かがこすれる音がした。おそらくヒューだ。水魔法や毒魔法のエキスパートだから、きっとわずかに気化したあの水が何かを分析している。

「ジルベルク殿下、両国から祝福されて、幸せですわね」

「そうだね」

大勢の聴衆が殿下と両陛下の様子を窺うが、王族方は未だポーカーフェイスを崩さない。

「これでわたくしは気持ちよくジルベルク殿下の婚約者となれました。では早速新しくできた妹と仲良くなりたいと思います。マリーゴールド殿下、さあ、こちらに！」

ああ……絶対罠《わな》だ。緊張がMAXになる。いつでも飛び出せるように、腰を落とす。

なぜ……なぜこの王女がマリー様を狙うの？　やがてこの国のてっぺんに立つ女性になるというのに、それだけじゃ不満なの？　なぜマリー様が必要なの？　そんな疑問が次々湧く脳を止める。

そんな思考、護衛には邪魔だ。

フレスカ王女が「友好」を前面に押し出して、マリー様を自分のそばに来るように誘う。はたから見たら嫁ぎ先の小さな妹を可愛がろうという気遣いを見せる優しい王女でしかない。

実際その通りの可能性もある……私の中では0パーセントだけど。

でも、拒絶すると国際問題になる。あちらの要人も王子はじめ参列しているのだから。

「さあ、可愛らしいマリーゴールド王女、もう小さな子どもではないのだから、一人でこの新しい姉のところにいらして？」

もう、王女のそばに行くしか道はなくなった。それも一人で。

私のマリー様を追いつめて……許さない。私はそっとカラクリの木壁を前脚で順序よく動かして、小窓くらいのスペースを作った。

マリー様は兄であるマークス殿下を見上げ、何かアイコンタクトをした。そして一歩前に踏み出した。

「……申し訳ありませんが、わたくし、つい数日前洗礼を受け、この国の聖女になりましたの。人々の信仰の自由は認めるところですが、教会関係者であり、まだ潔斎中のわたくしは別。たった今、フレスカ王女殿下が敬虔《けいけん》な他信徒であることがわかりました。今しばらく適切な距離を置かせていただきます」

聖女とは、教会に満場一致で認められた聖人の女性のことだ。治癒魔法持ちならば、まず間違いなく承認される。

マリー様、いつのまに教会に身を置くことにしたの？

いや、うちの大司教様は寛容だ。今日もマリー様が王族として参列しているところを見ても、出家してガチガチの聖職者になったわけではなく、王族と聖女を両立されるということだろう。まだ幼いマリー様の身の安全を心配し、協力したに違いない。

もちろん教会にもメリットがあるし。

それにしても、今の堂々とした発言……私のマリー様……強くなられた。ご立派になられた。

「おや、マリーゴールドそうなの？　おめでとう。妹が聖女なんて誇らしいよ。入信したてで潔斎中なんだね。いろいろと厳しいしきたりもあるだろうけれど、民のために頑張るんだよ」

王太子殿下が今度はキチンと妹に向けて微笑んでそう言った。当然そんな重要なこと、王太子殿下が知らないわけがない。つまり王族は婚約式前にはフレスカ王女を完全に疑い、嵌めてでも捕らえようとしているのだ。

「違う！　フレスカ王女、マリーゴールド王女は我々の聖女になられるお方なのです。そう神によって定められております。この暴挙許すまじ！」

突然、フレスカ王女の付き人の一人が甲高い声で叫んだ！　すると王女は真顔で頷いた。

「そうなの？　じゃあ取り返さないと！」

フレスカ王女が慌てた様子でドレスをさばきながらマリー様に駆け寄り、マリー様の手を掴もうとした。しかし当然、赤い魔法陣が展開され、炎のシールドに弾かれる。姉の魔法だ！

「痛っ！」

王女の真っ白な手袋が焦げた。

「フレスカ殿下、ご乱心ですか？　なぜ妹に掴みかかる？」

マークス殿下がサッと妹の前に立ち塞がり、見たこともない恐ろしい顔で未来の姉を睨みつけた。

「王太子殿下！　わたくしをケガさせるなんて不敬よ！　そもそもマリーゴールド王女は我が教会の聖女になると決まってるのよ！　なぜわからないの？　聖女様をこんな国に置いておけないわ。ゼクス、ハリー、早く保護して！」

フレスカ王女の支離滅裂でかつ不穏すぎる発言に、参列者も、フレスカ王女の弟王子たちも騒然とする中、例の殺人鬼たちがゆらりと前に出た。すかさずマークス殿下が姉ごとマリー様を抱きしめて、ヒューがポケットから飛び出し、巨大化した。

父も両陛下の前に出た。

ふとそのとき、殺人鬼が両手を上に大きく上げた。彼のローブの袖がずり下がって見えたものは、鋭い動物の引っ掻き痕で、愕然《がくぜん》とする。

あの傷跡は……私の爪跡だ！

ライオンの引っ掻き痕が、この国近辺に何個もあるわけがない。つまり……この殺人鬼は前回の襲撃犯と同一だ。どういうカラクリかわからないけれど、捕らえた三人全員牢で自決したというのは嘘で、密かに抜け出していたのだ。

……もう容赦しない。

守りは完璧な布陣。私は攻撃に全集中できる。

『待ってて！　私のマリー様っ！』

隠し部屋から、勢いよくジャンプした。

王太子殿下の婚約式は混乱の渦に陥った。今まさに魔法を繰り出そうとしている外国人を目の前にして、あちこちから悲鳴が上がる。

あの殺人鬼たちにはマリー様と、マリー様を守るマークス殿下しか見えていない。このチャンスを最大限に活かさなければ。

私はやつらの死角を見極めて、後方から飛びかかった。百獣の王を舐めるなよっ！

「グワーッ‼」

男たちの体にも防御結界……シールドがかかっているが、ライオンの圧倒的物理攻撃を前にしては意味なんてないから！　私は成獣の二メートルあまりの全長を全力でぶつけていく。

「ひあっ！」

殺人鬼は前につんのめり、展開していた魔法陣は乱れ、男の作ったつむじ風は天井にあちこちぶつかって消えた。

「きゃああ！　ケモノが！」

フレスカ王女が騒ぐが知ったこっちゃない。私はただのマリー様が大好きな通りすがりのライオンなので。マリー様を二度も傷つける相手に容赦する必要ってあるかな？　ないない。

殺人鬼は一旦マリー様方向の攻撃をやめ、私を振り払うための魔法陣を作る。それが完成する前に、再び私はジャンプして顔を前脚フルスイングでなぐる。

「ハリー！」

殺人鬼が叫ぶと、二人目の付き人の男が私に攻撃を仕掛けた。魔法陣形成のスピードを重視した、単純な直線的な火弾だ。軌道を読んでサッと避けるが、無関係の聴衆の方向に向かったものを慌てて前脚で弾く。ジュッと毛が焦げ、痛みが走るけれど想定内。慌てない。

「ミッ、ミイ‼」

マリー様の……マリー様のありがたくも心配そうな叫び声が場に響いた。あの日守れなかった私を、まだ呼んでくださるの？

私は一瞬マリー様に視線を移し、ガオーッと吠えた。するとマリー様は大きな瞳に涙をいっぱい溜めて、コクンと頷き、マークス殿下に抱きかかえられ教会から出た。

二人目の男に、意識を刈るに十分な雷光が落ちる。父だ。父の雷光は陛下の方角から落ちるので、陛下の神技だと国民から見做されている。

「余と神の娘であるマリーゴールドを連れ去ると？　さすがに聞き捨てならんな。狼藉者《ろうぜきもの》を捕まえよ。先ほどの式典は白紙に戻す。皆、申し訳ないが一旦帰宅せよ。フレスカ王女、サーフォーゲン国の皆様からは詳しく話を聞かせていただこうか」

陛下の威厳ある声に、一瞬ビクついたように見えたフレスカ王女だったが、すぐに立ち直り、

「ヒグセプトの神の意志には何人も逆らってはならない！　……たとえ一国の王でも！　さあ、マリーゴールド王女を捕まえて、連れ帰るのです！」

ふざけないで！　させるかっ！　私は闇魔法を瞬時に構築し、魔法陣を発動する。レベルが上った闇の手が男らをミシミシと縛りつける。

「おまえ……そうか、前回の猫かっ！　ならばっ！」

殺人鬼が一瞬何か念じたと思ったら、カッと目を見開いた。

閃光弾のようなものが頭上に飛び、眩く周囲を照らす。すると、私の闇の手はパラパラと無に帰った。

『なっ！』

そうか、彼らも私の対策を講じてきたのだ。とっさのことで、眩《まぶ》しさに一瞬視界を奪われる。まずい。

そこへアレクの緊迫した声が響いた。

「ミアッ！　カール、腕だ！　ミアの噛み跡を攻撃だ！」

「ワフ！」

アレクの親友犬カールがどこからか現れて、殺人鬼に飛びかかり、次の攻撃にかかるのを防ぐ。アレクも火花の散る剣を振り上げてジャンプし、敵に斬りかかる。

私はその隙に体勢を立て直せた。……アレク！　カール！　感謝！

確かに闇は光に弱いけれど……結局は力こそ正義。つけやき刃で覚えた程度の光魔法……闇のMAXレベルの力を見せつけてやる。前回と違って、今回の私は攻撃に全特化していいのだから。

新たな鉛色の魔法陣を、殺人鬼ともう一人の男と向こうの司教の敵三人……いや、王女も入れて四人の頭上に……よし！

『悪夢』

「「「「ぎゃあああああ!!」」」」

今、四人それぞれの心のうちにある悪魔が、彼らの脳内で暴れ回っているはずだ。悪魔は堕落した人間の目の前に現れ、甘い言葉で誘惑すると言われている。信仰が強ければ強いほど、それは恐ろしい罰に感じるのではないだろうか？　確か、ヒグセプトの悪魔は山羊《やぎ》の頭をしており、堕ちてきた罪人を頭からバリバリ喰《く》らうんだっけ？

それとも、万能と言われるヒグセプトの神ならば、私の魔法ごとき、無効にしてしまうかしら？

三人がのたうちまわる中、やはり例の殺人鬼だけふらふらと立ち上がった。絶対不信心者でしょ。

しかし悪夢は続行中だから、山羊に邪魔されて簡単に魔法陣を描くことはできないはず。私は右脚をドンと踏み鳴らした。

『闇の手』

再び黒い魔法陣を展開すると、敵の全身を縛るために黒い手が伸びる。殺人鬼は顔を醜く歪めながら、それをなんとか振り払いつつ周りを見渡す。その目にはフレスカ王女はじめ仲間が次々に、この国の兵士に物理的に捕縛、拘束されているのが映ったはずだ。

それを見た瞬間、一人ではどうにもできないと悟ったのか、殺人鬼は懐から鳥を出した。その鳥は兄の大鷲と同じくらいの大きさで、男は一瞬の隙をつきその脚にぶら下がって飛び上がった。

逃げ足が速い！　自分だけの脱出方法をちゃっかり準備していたとは、なんと小狡《こずる》い。前回もこんな感じで死んだ仲間を振り返ることもなく、きっと一人で逃げたのだ。

絶対に逃すものか！　でも、これ以上上昇されると私のジャンプでは届かなくなってしまう。

ふと、兄の言葉が思い出された。

『ミアは一人ではない。協力こそが成功への鍵だ。いいね』

姉とヒューイはマリー様と脱出した。父と兄は両陛下を守らなければならない。ならば、今攻撃できる状態で、私が協力できる相手はただ一人だ。

私はアレクを見つめた。アレクならば、全面的に信じられる！　背中を任せられる！

「ガオ――――ッ！」

私がアレクに向かって吠えると、彼は瞠目し、すぐさまこちらに向けて駆け出した。

「……一緒に戦えってことだな……わかった！」

私たちが意思を確認しているあいだにも、鳥にぶら下がった殺人鬼は教会を出ようとしている。

私がそこに一直線に走り出すと、風魔法に乗りスピードをつけたアレクが追いついた。私はスピードを落とさぬまま、首を上に巡らせた。

『乗って！』

「わかった！」

アレクは確かに動物の扱いを知っていた。私の首をガシッと掴むと、腕の力と反動を使い、見事に私の背に着地した。軽く腰を浮かせて前傾姿勢を取り、私の走りを邪魔しない。さすがテイマーだ。

まさか……大好きな人を背に乗せるという形で共闘する日が来るとは、夢にも思わなかった。こんなときなのに、気持ちが高揚する。私は一人ではない。

とうとう私たちは大聖堂から表に出た。空に逃げられてしまう。まずい展開だ。

「ミア、スピードもっと上げられる？　あいつの真下に連れていって」

「ガウッ！」

任せて！　この身がバラバラになっても絶対に追いつくからっ！

成獣姿の百獣の王が、大人の男をぶら下げた鳥にスピードで負けるなんて、恥でしかない。私は地面を蹴って蹴って蹴って、スタミナ全てを使って走った。

すると、太陽を背に天高くから、大きな影が降りてきた……本物の大鷲、兄だ！

兄が大きく翼を前に押し出し、大風を敵に叩きつけた。気の毒な鳥はバランスを崩し、一気に失速する。

そして私は敵のすぐ下に滑り込んだ。

「よし、ここなら届く！　テイム！」

アレクの手から紫の魔法陣が浮かび、膨大な魔力が噴出された。私はそれを背中で感じつつ、鳥の動きに注視する。

「……よし、いい子だ。降りておいで」

鳥は兄の攻撃で羽を痛めたのか？　よろよろと上昇下降を繰り返していたが、やがてゆっくりとアレクに向かって下降してきた。

「おい、飛べ！　東に行けと言ってるだろうが！　勝手に降りるなっ！」

殺人鬼がどんな手法で鳥に言うことを聞かせていたのかわからないが、血統魔法のテイム――それもアレクの性格からしてレベルMAX――に敵うわけがない。

鳥は完全にアレクの支配下になったのか、一気に急降下しはじめた。さらに脚を激しく振り回す。

「あ、暴れるな！　やめろ！　う、うわ――あ！」

ついに男の手が鳥の脚から外れ、なんの魔法も展開する間もなくズンッという音と砂埃《すなぼこり》が立った。

アレクは私の心を読んだかのように、私の背からジャンプして地面に右手をつきつつ百点満点の着地をする。

身軽になった私は大きく跳躍して、這いつくばったやつの心臓に右脚で全体重をかける勢いで跳び下りた。

「グエッ」

数分そのまま様子を窺って……うん、今度こそ間違いなく昏倒《こんとう》している。落下時に脚もどちらか骨折した音がしたから易々とは逃げられないはず――いや、前回、牢からどうにかして逃げ出した男だ。常時監視の目を光らせるように言わないと――など考えながら、私の太く可愛い脚を退け、一歩下がった。

すると、私を警戒しながら兵士たちがやってきて、魔力封じ付きの縄で男を縛り上げた。もちろん猿轡も忘れずに。

終わった……一応終わったみたい。

ひと息ついて顔を上げると、右肩に先ほどの鳥を止まらせて、炎の剣を持ち、左にカールを従えたアレクが目の前にいて、ゆっくりと笑いかけた。

「ミア」

私もお疲れ様と微笑みたかったけれど、口を引き上げればキバをむいてしまうので自重した。ライオンな私は首を傾げてみせた。

「私を乗せて走ってくれるなんて……最高に胸が高鳴ったよ」

そう言ったアレクはのんびりと距離を詰め、私の太い首に両腕を回して……毛むくじゃらの私の頰にキスをした。

「⁉」

最高に混乱し、あわあわしたけれど、ライオンで暴れてはアレクがケガしてしまう！　私はただカチコチに固まった。

「二人とも大丈夫かっ……って、アレックス、何をやってる。ミアへの不埒な真似は王族も許さんぞ」

そこへジルベルク王太子殿下が駆けつけ、アレックスを引き剝がしてくれた。すると私のとっても良いお耳は、アレクのチッという舌打ちを拾った。不敬では⁉

「マリー殿下が聖女になったと発表されたから、解禁ですよ。急がないとあちこちから横槍が入りますので。ミアを大層気に入っているあなた様ももう、フリーになってしまったし」

「私はさすがにしばらくは結婚になど動けん。それにミアはマリーと並んで妹枠だよ……」

久しぶりに全力で走り、全力で魔法をぶつけ続けた私は、一気に脱力感が押し寄せ、アレクたちの会話がどんどん遠くなる。王太子殿下、婚約式がこんなにボロボロになったのに、思ったほど落ち込んでない？　よかった。

王太子殿下がここに来てくれたということは、事態を収拾してくださるのだろう。そもそも私の本日のミッションはマリー様を守ることオンリー。そこを無事クリア。

いよいよ立っていることに耐えられず、よっこいしょとそのまま地面に伏せて、脱力する。ライ

オンだから、いいよね……。

「……おい？　ミア？　ミア！」

「ミイ？　おい！　誰かアボット伯爵夫人を呼べ！」

「ああっ変化が解けてっ！　マント、マントをかけろっ！」

日頃落ち着いている人枠のアレクと王太子殿下が、なぜか大声を上げている。珍しいな……と思いながら、意識が堕ちた。

第十章　新しい関係

「……見覚えのある天井だわ」

私は安定の王都の自分のベッドで目が覚めた。一瞬で直前の記憶を思い出し、手を持ち上げる。お気に入りの白いふわふわふわの寝間着を着た、人の手だ。

「術、解けちゃったんだ」

どのタイミングで人に戻ったのかわからないけれど、騒ぎになっていないことを祈るのみ。

前回、気絶して目を覚ましたときに比べれば、体は動くし、声も出る。魔力不足で体はだるいけれど、お腹も空いていて今すぐにでも食べられそう。上々だ。

滅多に使わないベルを鳴らすと、すぐにノックがあり、ロイドとコニーが駆け込んできた。

「ミア様、お目覚めですか！　コニー、奥様を呼んできなさい！」

コニーがバタバタと部屋を出ていくと、ロイドに一通り健康チェックされた。

「私の見る限り、大きな問題はないようです。ミア様、お疲れ様でした」

ロイドがニッコリ笑いながら労ってくれる。ロイドは仕事に関して甘くないから……ジーンとくる。

「ありがと」

やがて慌ただしい足音とともに、母がやってきた。

「ミア！」

母がぎゅっと抱きしめてくれた。

「起きてるってことは、このあいだみたいに体が痛くないってことね。よかった」

「母様……。母様が連れて帰ってくれたの？　最後の最後にへばってごめんなさい」

「ふふっ。全部終わったあとだったもの。問題ないわ。問題といえば、あなたを誰が連れて帰るかで揉めたけど、結局ケビンが連れ帰ったのよ」

父と兄のあいだで揉めたのだろうか？　どちらにしろ王家の警備に穴を空けて申し訳ない。

「私、人だった？」

「ええ。三人……王女を入れると四人相手に戦ったんだからしょうがないわ。すぐにマントで包《くる》まれたから、変化の様子は最小限の人間にしか見られてない。安心しなさい」

「そうよ！　マリー様は無事？　それに一緒に戦ったアレクは⁉」

「大丈夫、皆様お元気よ」

母に頭を撫でられて、ほっと力を抜いた。

「それで、いろいろ解決したの？」

「ええ。全員、独房で休ませることなく尋問を受けているわ。今わかってることは、フレスカ王女はお国で婚約破棄されて傷ついたときに、一気に例の宗教に傾倒してしまった。そしてマリー殿下を聖女として呼ばないといけないから、輿入れしろと勧められて、それこそが神に与えられた使命だと、張り切ってやってきたようよ」

神に選ばれた自分は特別だと思えば、婚約破棄されて傷ついたプライドが一気に回復したのではないだろうか。

「護衛の面々は教会からのお目付け役って感じね」

「母様、そのことなんですが！」

私は殺人鬼と呼んでいた護衛が、前回マリー様を襲撃した男のうちの一人であることを伝えた。

「そう……お父様にすぐに伝えるわ。ミアもあれこれ話を聞かれることになるけれど、明後日なら動けそう？」

「はい。たぶん」

「緊張しなくていいわ。一番大事なことはマリー殿下は無傷でマークス殿下とともに逃げられたこと。今回のミアは任務をきちんとやり遂げた。誰も文句など言いません」

「……はい！」


やがて兄が帰ってきて、現在の状況を教えてくれた。

フレスカ王女がマリー様を襲い誘拐しようとしたことで、当然のことながら王太子殿下は婚約を破棄し、完全な外交問題に発展中。諸外国は当然我が国サイドである。

サーフォーゲンは、王女の独断であり、国ぐるみの策略ではなかったと言うけれど、王女はいついかなるときも国の代表で、発言は国の意向だ。王女に独断を許したとすれば、それはそれで情けないことで、結局激しい糾弾は避けられない。

国内の反応は、あんな王女を王太子妃に選んだことへの非難も大いにあるが、ひとまずマリー様を守れて、速やかに婚約破棄したことで、鎮静化しつつある。

国の宝のマリー様を誘拐しようとしたことに対して、すぐさまサーフォーゲンに攻め込もうという強硬派の意見もあるが、王家はとりあえずそれを抑え、賠償を取れるだけ取ろうという流れに持っていこうとしているとのこと。

そして、王太子妃はジルベルク王太子が時間をかけて探す、と陛下が宣言された。案外サクッと来年あたり、マルルカの王女様と結婚するんじゃないかな？　マリー様も懐いていたようだしそれがベストでは？

でも一旦流れた話を蒸し返すのはあちらの国がいい顔しないかな？　殿下頑張れ！　などと思う。

◇◇◇

二日後、まだ体調は万全とはいえないけれど、護衛ではなく普通の女性の行動なら十分取れるので、予定通り王宮に出向いた。

私がライオンのミイだと元々知っている、近衛騎士団長直々の事情聴取を終える。あの殺人鬼はヒグセプト教会の刺客で、前回捕まったときは、魔力は封じられている状態だったが、明かり取りの天窓から例の鳥で物理的に逃げたらしい。そのあと別の死体を放り込んだのだと、騎士団長は忌々《いまいま》しそうに教えてくれた。

きっと今回はおっそろしい尋問をしたのだろうなと想像する。私を殺しかけた男たちに同情なんてしないけど。

「ミア嬢、学院卒業したら、堂々と近衛で働かないか？　動物にならなくてもミア嬢は十分強い。もちろんここぞというときに変身してくれれば鬼に金棒だ」

高く評価してくれるのも、牧場運営以外の新しい道の提示もとてもありがたい。でも、アボットは王家に直接勅命を受けている。私情で決められるものではない。

というか、それよりもすっごく気になることがあるんだけれど？

「鬼に金棒？　ですか？」

そんな言い回し、この世界にはない。つまり……。

騎士団長はニヤリと笑った。

「ようこそ、【王都秘密クラブ】へ！」

「やっぱりぃ――――！」

騎士団長は当然アジームと顔見知りだったが、アジームから私のことを聞いたのではなく、私の言動で普通に気づいたらしい。アジームが秘密の守れる男とわかり、私の中でますます株が上がった。

【王都秘密クラブ】には現在四十名あまり所属しているらしい。最年少はまだ五歳で、なんと親子で記憶持ちだそうだ。素性をはっきり明かさなくてもよければ一度顔を出すと約束しながら、小さな謁見室に案内された。

私たちが到着すると、ゆっくり扉が開かれた。

そこには陛下、王妃殿下にジルベルク王太子殿下、マークス殿下、そして父と兄とヒューイ。以前私がマリー様の護衛任務の任命を受けたときと、全く同じ光景が広がっていた。

騎士団長と離れて一人、前に進み頭を下げた。

「ミア・アボット、先の失敗がありながら、こうして再びお目通りが叶い、誠にありがたく思っております」

「ミア、顔を上げなさい」

前回と同様に、王妃殿下から声がかかり、私は体を起こした。

「ミア、今回の仕事、大変立派でした。敵を全員捕縛し、マリーを完璧に守った。感謝します」

こんな……こんなストレートに褒めてもらえるなんて思ってなくて、ジワッと涙が込み上げた。

「あり、ありがとうっ、ございますっ」

私が上ずった声でなんとかそう言えば、ヒューイのクスクス笑いが聞こえた。

「ミアのおかげでマリーは元気だよ。マリーが言った通り、マリーは自ら聖女になった。王女という肩書きに聖女が加わったほうが、敵への抑止力になるからね。もし今のマリーを国外に出したら、国同士の戦争になるだけでなく、宗教戦争にもなる。もちろんいざというときにマリーの力を借りたい国は我が国の味方になるだろうね」

式典の最中ずっとマリー様を守り、最後は抱きしめて脱出したマークス殿下が教えてくれる。

治癒魔法と密接に結びついた聖女という肩書きを受け入れたということは、つまりマリー様は治癒魔法にまとわりついた負のイメージを、完全に振り払ったということだ。

マリー様はご無事で、成長して自ら行動した。強くなったのだ。

「聖女になれば、教会の秘術も学べる。治癒魔法を持つ者が自分の身を守るための攻撃魔法だ。そんなものがあるくらい昔から治癒魔法師は狙われていたんだね。マリーはそれを教えろと大司教にせっついて、大司教からもっと治癒魔法のレベルを上げなきゃ無理だと言われ、目の色を変えて鍛えてるよ！」

王太子殿下が笑いながらそう言った。マリー様はなんだか強いどころか、すっかり逞《たくま》しくなったみたい？

でも、マリー様はこれからの人生、聖女として歩んでいくのだろうか？　聖女なんて、きっと綺麗事ばかりではない。厳しい巡礼や、身を削る秘密の儀式もあると聞く。まだ子どもなのに……。

「ミア、マリーはまだ未成年。成人する十八のときに聖女として正式に教会にその身を移すか、王女として生きて、教会から要請があったときにだけ聖女の力を貸すか選択するのよ。心配しなくていいわ」

私の表情を読み取った王妃殿下が、いつになく優しいお声で私に語りかけてくれた。それなら一安心だ。

カタンと、音を立てて陛下が立ち上がった。

「ミア・アボット、こたびの一件での活躍、目覚ましいものがあった。褒美としてレッドバルキニー勲章と、金一封を授ける。これへ」

レッドバルキニー勲章……それは国を守るために身を賭して戦った騎士に贈られる勲章だということくらい、田舎者の私でも知っている。

そりゃ、頑張ったけれど、そんな大層なものをもらうほどの働きではない。私は慌てて口を挟んだ。

「へ、陛下、私、恐れ多いです！　そもそも私一人であいつらをやっつけられたわけではありません。下準備してくれた家族や、私が動きやすいように、マリー様を守ってくださったマークス殿下、助っ人に飛び出してくれたアレクにカール。魔法を浴びながらも扉が開くのを防ごうとしてくれた近衛の皆様。私だけが褒章をいただくのは恐れ多い……」

「はあ、ミア、陛下に口ごたえか？　不敬である」

王太子殿下が心底呆れたような声で、私の発言を遮った。私は慌てて平伏する。

「ミア、お前が今回の功労者の代表なのは、皆納得しておる。そして他の者にもそれぞれ功績にみあった褒賞が出る。そういうことだ。いいから早くこっちに来い」

陛下もまた、それが素なのか？　面倒くさそうにおっしゃったので慌てて足元に赴くと、ジャリッと、そこそこ重みのあるものを首にかけられた。

「マリーが成人するまでは、アボットの能力のお前が必要だ。団長が勧誘してきても近衛に入ることはならん。今後もこれまで同様励みなさい」

「は、はい」

その場の全員から拍手が送られて、私はひたすら恐縮し、頭を下げた。

マークス殿下にエスコートされて、謁見室を出る。当然ヒューイも一緒。

「はあああああああ」

「ミア、気を抜きすぎだろう？　一応私も王族だけど？」

「すみません……でもほら、人数が減ったから、ようやく息が吸いやすく……」

スゥッと息を吸い込むと、胸元で赤く光る勲章に目がいった。目が眩《くら》んで虚空を見る。

「それ、望めば引き換えに一代男爵もらえるよ？」

「いりませんっ！」

そんな会話をしながら、いつものマークス殿下の執務室に辿り着く。

「じゃあ、二人とも、ヘビとライオンになって」

「はーい。ミア、勲章はインベントリに入れなよ。なくしちゃうから」

このタイミングでライオンになれということは、つまり……再び緊張で体が強ばってきた。

「マリー殿下に拝謁……ですか？」

「そう。朝からずっと待ってるよ」

一瞬で、あの敬愛するマリー様を守れなかった日を思い出す。マリー様の悲痛な叫び、マリー様の涙。あんな目に遭わせた私がおめおめと顔を出していいの？　ぎゅっと両手を揉み絞る。

「ミア、マリーはね。ミイに会うために、会ったときに褒めてもらえるように、ずっと頑張ってきたんだ。会ってくれるよね」

「………………」

私が決断できずもじもじしていると、ヒューイがはあと聞えよがしなため息を吐いた。

「もう、ミアってば。じゃあ、ウジウジしてたら伝えるように預かってたキャシー姉様からの伝言言うね？『ミア、このキャシー姉様をこれ以上待たせるとは、いい身分になったものね』」

「ひっ！」

私は一瞬で魔法陣を飛ばして赤ちゃんライオン姿になり、尻尾を隠して震えた。

「初めっからそうすればいいのに。じゃあ僕も！」

ヒューイの全身も光り、あっという間に銀ヘビのヒューになった。

「相変わらず見事だね～二人とも」

マークス殿下がクスクス笑いながら、私たちの抜け殻の服を拾い上げてカゴに入れた。殿下に片付けさせて申し訳ない……今さらだけど。

そして私を右肩に、ヒューを左肩に乗せた。

「あー癒される。君らとこうしてひっつけることは、王族に生まれた数少ない特権だ。さあ、行こう」

殿下は私が逃げ出さないようにか、がっしり腰を掴んで、颯爽と部屋を出た。

マリー様の部屋の前に到着すると、ヒューが額を合わせた。

『最初の顔合わせを思い出すね。ミア、心配しないで、ね？』

『……うん』

コクンと頷き覚悟を決める。

「行くよ」

ドアが開かれた。

◇◇◇

部屋は暖炉に火が入り、とても暖かかった。真正面のソファーに、ほっそりした美少女が座っている。足元には白狐。後ろには、同志ローラ。ローラはあの事件で血が流れすぎて、一時期危篤だったと聞いていた。本当によかった。

そしてマリー様……すっかり子どもっぽさが抜けている。

それはそうだ。いろいろあった。一足飛びに大人にならざるをえなかったのだ。

マークス殿下が、私を両手で抱いて地面に下ろし、ペシッとお尻を叩いた。何すんだと振り返ると、じろっと睨まれた。進めとあごで促される。

決意を決めて、そろそろと前に進む。すると、マリー様が立ち上がった。仰ぐほど背が高くなっていて、少し慄《おのの》く。

でも、よく見ると……両脇で握られた拳は震えていて、大きな金の瞳からは今にも涙がこぼれ落ちそうで……。

やっぱりマリー様は、マリー様だった。

私が思わず駆け出すとマリー様も小走りになった。たまらず私がジャンプすれば、マリー様は両手を大きく広げた。

あっという間に私はマリー様の腕の中だった。

「ミイ……ミイ……」

「……にゃう……にゃう……」

「大好き、ミイ」

「にゃう！」

「おかえり、ミイ」

「にゃー──う」

私がマリー様にしがみつくと、マリー様はぎゅーっと抱きしめてくれた。

ただいま……マリー様。


「うふふー。やっぱり可愛いー。ミイだーいすき！」

「にゃおーん」

そして私は、マリー様の少し広くなったお膝の上で、懐かしの特製王室御用達《ごようたし》ブラシで毛繕いしてもらってる。気持ちいい～目が開けていられない～。

「あっけないほどすぐ打ち解けたな」

「ううう……」

呆れるようにそう言ってお茶を飲むマークス殿下と私たちの後ろで泣きっぱなしのローラ。ローラは姉が常駐するまで、一人でマリー様を体を張って守っていたのだ。

「なあん」

私が伸び上がり、ローラの手にキスすると、ローラは涙目のままそっと頭を撫でてくれた。

「どうやら仲良しさんに戻ったみたいねえ。よかったよかった」

続き間から出てきたのは、人間に戻り着替えてきたキャシー姉様とヒューイだ。ヒューイはニコニコと微笑みながら、マークス殿下の後ろに立った。

「ミア、いらっしゃい」

姉に呼ばれて、マリー様の膝から下り、マリー様の正面を向いて座る。

「ではミア、成獣になって」

マリー様に怯えられないか不安だけれど……何一つマリー様に疑念を持たれたくないのだ。

私は魔法陣を描き、魔力を放出する。押し込められていた筋肉が広がり、元の大きさに戻る。

「ガウ」

控えめに鳴いてみた。

「大っきい……ほんとに、大聖堂で助けてくれた動物さんだわ……」

「マリー殿下、この動物ははるか南の地で生息する、ライオンという動物です。肉食獣で、ミア曰《いわ》く動物界で最強を誇るそうです。ただ、持久力はないらしいのですが」

「最強……そうなの……ミイってばカワイイんじゃなくて、かっこよかったのね」

マリー様はそう言うと、躊躇《ためら》いなくでっかい私を抱きしめた。……好き。

「では、ライオンミイにマントをかぶせまーす」

姉が私に大きなマントをぐるっと回す。

「じゃあミイ、戻って」

私がマリー様の目の前で、人に戻ることに意味がある。

『解』

ライオンだった体が光に包まれ収縮し……ただの平凡すぎる私に戻った。

「マリー様……こ、こ、こ、これが私です」

「こ、こ、こってニワトリか?」

そう言ったマークス殿下をギッと睨む。するとその様子に緊張が解けたのか、

「本当に……本当に人だったのね」

おずおずとマリー様が私に歩み寄る。

どうか、嫌われませんように！　私は我がチェスター王国教会の神と、日本の八百万《やおよろず》の神に祈った。

「でも……やっぱりミイだわ。グリーンのお目目も、金の髪もミイ……ミイは人になっても私の一

番のお友達のままで?」

「も、もちろんですっ！　私のマリー様――――！」

私が走って駆け寄りマリー様に抱きつくと、体に巻きつけた、甘い結び目のマントがスルリと床に落ちた。

「「「「ぎゃ――――あ!!」」」」

観衆から悲鳴が上がる！

私は素っ裸でマリー様に抱きついて……それは一言で言えば痴女……。

「このっ、バカミア！」

姉にスパーンと頭を叩かれて、再びマントをかぶらされた。

「ふ……ふふふっ!!　もう、ミイってば！　面白すぎよ！」

マリー様は声を上げて笑い、恐れ多くも私の頬にキスをした。私はグイグイっと頬ずりした。

「これじゃ、どっちが年上かわかんないね。ミアも着替えておいでよ」

ヒューイの笑いを含んだ声にはっと我に返り、マントをぎゅっと体に巻きつけて、いそいそと続き間に向かった。

着替えて部屋に戻り、姉とヒューイの横に立った。

「アボット家の三人、本当に同じグリーンの瞳ね……ジルお兄様のケープもお父様の犬も一緒だわ」

「うん、改めて並んでもらうと、ちょっと感慨深いね。マリー、この三人はじめ、アボットの者たちは皆、マリーを大事に守ってくれているんだ。安心なさい。そして守られることを当たり前と思ってはいけないよ」

マークス殿下の言葉に、マリー様は真剣な表情で「はい」と答えた。

「マリー様、すっかりご立派になって……」

「ミア、すぐ泣くのはやめなさい」

「ブレないね。ミアは」

ハンカチを取り出して目頭に当てていると、姉とヒューイにたしなめられた。だって今、マリー様がキリッとした！　キリッと！

「今後、マリーの警備にはキャシーメインで、キャシーの休みにミアが入ることになっている。ミアは一応卒業が第一だよ。いいね」

私は……許されたのだ。あんな失態を見せたというのに、護衛に戻れるのだ。胸が熱くなる。

「ミア？」

「……はい。全力で任務遂行いたします」

姉に促され、しっかり返事をする。本当に私でいいのか？　とか葛藤もあるけれど、決めてもらえたのだ。今度こそ期待に応えるのみ。

顔を上げれば、満面の笑みのマリー様と目が合った。ああ……素晴らしい私のマリー様！

「じゃあ、もう一人お客さんが来るから、キャシーとヒューイは動物に戻ってくれる？」

え、お客さんって誰？　と思っていると、姉たちは一瞬で魔法陣を作り光に包まれて、白狐とヘビに戻った。それを見たローラが「まっ！」と声を上げ、口を押さえる。

私は慌てて二人の服をかき集め、たたみながら隣室に置いて……姉たちはこの流れを全部知ってるみたいだと思った。

部屋に戻れば、マリー様がソファーの自分の横をぱんぱんと叩いた。

「ミア、ここに座って！」

主の隣に座るなんて……と思ったが、

「さんざんマリーの膝の上でゴロゴロしてたくせに、何を今さら……」

と、一人がけのソファーに座ったマークス殿下が呆れた顔で頷いたので大人しく従う。なぜかマリー様から案外強い力で手をガシッと握られた。いや、嬉しいし、こんなことされんでも逃げないけどね。えへへ。

ヒューはもちろん殿下の肩で、姉の白狐はソファーの横に鎮座？　している。

マークス殿下がパンパンと手を叩くと、廊下の護衛の返事が聞こえて、扉が開かれた。

入室を許されたのは、なんとアレクだった。

驚いたもののそれはひとまず置いておいて、彼の全身に視線を走らせる。スーツ姿の彼は、どこもケガはないようだ。ホッとして、表情が緩むと、そんな私を見たアレクも小さく笑い、優雅に頭を下げた。

アレクの後ろからのっそりとカールもやってきた。カールは小さくワンと吠えて、姉の白狐のもとにトコトコ歩き、その横で伏せをした。キャシー姉様、カールをも既に従えているとは……！

「マークス殿下、並びにマリーゴールド殿下。お久しぶりでございます。このような機会を設けていただき、感謝にたえません」

「うん、まあアレックスにはさっさと問題を片付けてもらわないと、仕事が進まないって兄上にせっつかれててね。婚約破棄で業務が倍以上に増えてるって」

「マークス殿下がお手伝いされればいいのでは？」

「既にしっかり回されてるよ！」

「アレックス兄様、ご機嫌よう。そして私もさっさとアレックス兄様がかっこいいところを見たいですわ」

マリー様はそう言うと、扇子を広げて口元を隠した。マリー様、なんて優雅な仕草をするようになってしまったの!?

でも、ニコニコと笑い合わないアレクとマリー様なんて、なんかしっくりこない。婚約者とはいえ、いや、婚約者だからこそ、適切な距離が生まれたのだろうか？

そんなことを思いつつ、お二人をチラチラ見ていると、アレクが私たちの前までやってきて、膝をつき、マリー様と繋いでいない私の左手をそっと手に取った。先が全く読めず、私は目を見開くことしかできない。

そんな私に、アレクはこれまで見たこともないほど甘く、微笑みかけた。

「ミア……ようやく言える。大好きです。どうぞ私を、誰よりも強くかっこいいライオンのミイと、優しく情に厚いミアの、ただ一人の男にしてください」

「………………」

……今、アレクはなんと言った？　頭が働かない。私を好き？　うそ……だって……。

「だって……アレクはマリー様の婚約者で……マリー様と相思相愛……」

「殿下との婚約は殿下が聖女になったことで円満に白紙になった。そもそも殿下と私は初めから結婚する気なんてなかったからね」

「え？」

すかさずマリー様に顔を向けると、マリー様は困ったように首を傾げた。

「その通りよ。アレックス兄様のことは好きだけど、それはあくまで兄様としてだもの。もちろんお父様が王命だって言ったら従ったわ。でも、あの段階では、私の身を守るためのひとまず、だった。私は小さかったけれど、アレックス兄様は年が離れすぎてる、できれば年の近い人と結婚したいなあ、くらいは思ったわ」

「なんと……」

「あんなことがあって、私がアレックス兄様に頼らないでいいように強くなると決めた時点で、お父様はいずれ婚約解消すると両家に約束してくれて、聖女になったところで、聖女は婚姻できないから円満に白紙ってわけなの。生涯聖女でいるか、王女としての責任を果たす生き方をするか、どちらにするかは成人まで真剣に考える」

理路整然と一人前に話すマリー様の言葉に、マークス殿下が言い添える。

「ああ、マリーが聖女になって婚約が白紙になったことはフレスカ王女を欺くために関係者以外は秘密だったんだ。ミア、理解してくれ」

「そーですか……」

私の中の、マリー様とアレクは世紀の大カップルという大前提がガラガラと崩れ、何をどう考えればいいのかわからない。呆然としていると、繋がれた左手に力を込められた。

「あ」

「ミア、私が君のどこが好きなのかは二人きりのときに話すよ。でも、君が命がけで私とマリー殿下を助けてくれたときに、胸が潰れそうになった。八割はマリー殿下のためだとわかってるけれど、自分を助けるために躊躇いなく盾になり、戦ってくれる人を好きにならない人間っている？　それが元から好ましく思ってる間柄であればなおのこと。その気持ちを自覚した瞬間、君の生死はわからなくなった。あんな思い二度と味わいたくない」

「アレ……キサンダー様」

「アレクと呼んでほしい。君と心を通わせたかったけれど、名目上私は婚約者持ちで思いを告げることはできなかった。君が学院に通いだしたと知ったとき、好きな男ができて、婚約してしまうんじゃないかと気が気でなかった」

「ああ、あの頃のアレックスは面倒くさかった」

「ええ、アレックス兄様ってば、くよくよいじいじして、鬱陶しかったわ」

王族兄妹が辛辣な目でアレクを見下ろす。マリー様、そんな顔も素敵。

「仕方ないだろう？　とにかく、未だマリー殿下への危険は根本的に解決していないけれど、婚約はなくなった。ようやくミアへの想いを、口に出すことができる。好きだ。ミア。私と婚約してくれないだろうか？」

唐突な告白と婚約の申し込み。気持ちがついていけない。

でも、この殿下二人と、私の姉のいる空間で気持ちを伝えてくれたこと、何よりアレクのこの真剣な表情。アレクが本気だということは、バカな私にもひしひしと伝わった。

アレクが私を好き……そんな可能性一秒すら考えてはいけないことだったから、その先の未来なんて想像したこともなかった。

アレクが私のことを好きで、もし言われるまま婚約したら、その次は結婚があって……顔にどんどん熱が集まってくる。

「ミア、ミアの気持ちを教えて？　悪いところがあれば直すよ。でも、少しはミアも、それが友情であっても、私のことを好きなところがあると信じてる」

私の心にしまいこんだ、アレクへの恋心が溢れだす。私だって、ずっと……。

どうすればいいの？　告白なんて初めてだし、される予定も一生なかったからどうすればいいかわからない！

すると急にヒューがピカッと光って人に戻った。マークス殿下が驚いて、「何勝手なことしてるんだ！」と言いながら、慌てて自分の上着を脱ぎ羽織らせた。

「……驚いた。ヒューイか？　そうか、君がマークス殿下の護《まも》りだったのか」

啞然とするアレクにヒューイが話しだした。

「アレックスがどうして猫だったミアに好かれてると感じたのかは今一つわかんないけど……、前の事件のとき、ミアはマリー殿下さえ守ればよかったんだ。マリー殿下だけであれば、あんな大ケガしなかった。でも、ミアは自分の命を削るのを承知でアレックスも守ったんだ」

「ヒュ－イ！」

そうだけど、その通りだけど！　思わず下唇を噛みしめる。

「あんなこと、好きじゃなきゃしないでしょ？　ね、ミア」

「……ミア……本当？　ヒュ－イの言う通りなら、これ以上なく嬉しい」

アレクが甘く、囁く。

顔がドンドン熱くなり、ますます混乱している私の手を、マリー様の少し大きくなった両手が包み込んだ。

「ミイ、いえ、ミア？　私はいっつもミイには本当のことを話したでしょう？　情けない姿、ミイだけにはいっぱい見せちゃった」

「マリー様……」

「ミアの正直な気持ち、私にも教えてほしいな」

マリー様が背中を押してくださるならば……言える。私は勇気を振り絞っておずおずとアレクに向き直った。

「ヒュ－イの言ったことは……本当です。ずっと憧れてて……でも、思っちゃダメってわかってて……」

横からマリー様が優しく囁いた。

「ミアも好きなんだね」

私はアレクと目を合わせ、小さく頷いた。

「ミアッ！」

アレクがグイッと私を引っ張り立たせて、彼の腕の中にすっぽり収まった。

「ああミア、ミア、よかった」

耳に聞こえるアレクの心臓の音は、とんでもなく速かった。それを聞くうちに、とても切なくなってアレクの服をぎゅっと摑んだ。

そんな私をアレクは片腕に抱き直し、姿勢を正して宣言した。

「それでは殿下方、皆様、火急の要件につき私とミアはこれにてお暇《いとま》いたします。では」

「え？」

私はアレクに誘導され、あっという間に部屋を出た。慌てて後ろを振り向くと、皆があっけに取られた顔をしている中、マリー様はカールと仲良く並び、ふふふと笑って手を振っていた。

手を引かれ、連れていかれたのは王宮内のひっそりとした中庭だった。ここは各所からの導線と外れていて常に人気がない上に、季節は冬。誰もいない。

でも水仙やマーガレットなど、小さな花たちが控えめに咲いていた。

こんなところよくアレクは知っているな、と感心していると、アレクの両手が私の肩に乗り、正面から見据えられた。

「ミア、改めて……好きだ。白状すれば、最初にうちのスプーン亭で、自分のペースでのんびり、幸せそうに朝食を取っているミアに一目惚れしていた。なんとかミアと接点が欲しくて君を追いかけ回して……あのときはみっともなかったね」

「……そうなの？　スプーン亭の改善案を知りたくて声をかけたって……」

私は目を丸くして聞き返した。

「スプーン亭は大事だし、ミアの意見は参考になって感謝してもしきれない。でも、正直言えば、店うんぬんは後付けだ。店に必要だから君の意見を聞くために会うって大義名分を作って、君への気持ちを誤魔化していた。私も好きな人ができるなんて初めてで……それに形式上であれ私には婚約者がいたし……」

「…………」

「でも、会いたかったんだ。そして、君が姿を見せなくなって、自覚した。博識なところも、うちの従業員と仲良くしてくれるところも、大きな口を開けて楽しそうに笑うところも、私に容赦も遠慮もなくツッコむところも、クルクル変わる表情も好きだ」

「アレク……」

「それに、そのエメラルドのような瞳も、太陽を浴びると輝く金髪も――ライオンになったときの毛並みも素晴らしくて好きだ。任務のために頑張ってきた証である傷も、ライオン状態ですらわかるマリー殿下への慈愛に満ちた眼差しも好きだ。それに……」

「ま、待って、まだ続くの？」

嬉しいけどこんなに褒められるのは初めてで、なんとなくいたたまれなくて、私は思わずストップをかけた。

「いくらでも続けられるよ。好きなところを伝えるってさっき約束しただろう？」

「そうだけど、でも、どうして……」

「ミアにしっかり私の気持ちをわかってもらうためだ。これまで伝えたくとも伝えられなかったからね」

……そっか。アレクも……私と同じだったのだ。胸がいっぱいになる。

「十分……十分伝わったよ？」

「じゃあ最後にあと一つだけ。ミアの、うちの従業員からマリー殿下まで、大好きな人を助けよう、命がけで守ろうという尊い志に胸を打たれた。ミアが愛するマリー殿下を護衛し続けることに反対しないよ。でも、そんなミアを守る権利が私は欲しい。どうか私と結婚してください」

私に命令できる立場なのに、私を尊重してくれるアレク。アレクの想いは深くて、私のアレクへの気持ちと同じくらいで、つまり両想いで……こんなの、奇跡だ。

「……はい」

私の振り絞るように出した短い返事に、アレクはホッとしたように笑った。かと思えば、真剣な顔になって顔を傾け……私と唇を重ねた。

今の……キスだ。私はアレクとキスしてもよい間柄になったのだ。胸がバクバクと高鳴るのと同時に、涙が込み上げ、ぽろりと頬に伝った。

「ミア？」

「アレク……好きです」

私はえいっと背伸びして、自分からキスを返した。

なんの障害もなくなった私たちは、ただしばらく、お互いがお互いのものだと実感できるまで、抱きしめ合っていた。

終章

「こんにちはー、席、空いてますかー！」

「あ、オーナー、ミアさん、いらっしゃいませー！　お寒い中ご来店ありがとうございまーす」

あの、マリー様との再会から一週間ほど経ち、私とアレクはスプーン亭にやってきた。

あの日は、中庭で私をぎゅっと抱きしめていたアレクを、空から登場した白狐な姉が尻尾から何十発も火の玉を投げつけて引き離し、

『いつまでうちのミアにひっついてんのぉ？　順番が違うんじゃない？』

と威圧した（ヒューイが通訳した）。

アレクは冷や汗をかきつつ、目の前の神のごとき狐に頭を下げ、その夜には正式な婚約の申し入れが、ゾマノ公爵家から我がアボット伯爵家にあり、家長同士と王家であれこれ話し合い、ささっと仮婚約が整った（正式な婚約はそこそこ時間がかかる）。

そして、週末、アレクに連れられて早速スプーン亭にやってきたのだった。

……怒濤の、人生がひっくり返った一週間だった……と遠い目をしながら、アレクに促されるまま、席に着く。

「……あら？　まあまああまああ！　そういうことね！」

水を運んできたユリアが、パチンと手を叩いた。

「ん？」

「みんなー！　よーやくオーナーが、ミアさんに告白したみたいよー！」

「「「「なんですってーえ！」」」」

フロアから、厨房から、馴染みの従業員がわらわらと私たちのテーブルに集まってきた。

「いやいやいや、何事？　どういうこと？」

私は全員と交互に顔を見合わせながら、目を白黒させた。

「オーナー、どうなんですか？」

「みんなに心配かけたけど、まあ、ちゃんと告白して、ＯＫもらったから」

「「「「ようやくー！」」」」

「待って待って、ようやくって何？　みんな何を知ってるの？」

「え？　何を知ってるかって言われれば、オーナーのヘタレ加減ですかね」

「ヘタレ……」

公爵令息をヘタレ呼び……。

「だってそうでしょ？　ミアさんのこと、わかりやすく一目惚れしたくせに、しのごの理由つけて呼び出して、気持ちも告げないまま会えなくなって、地に這うくらい落ち込んでたくせに！　料理の試食って言って同じ席に座らせて、サポートしてきた私らに感謝してほしいわ」

「嘘だろう？　一目惚れってことまで君たちにバレていたのか……」

アレクは両手で顔を覆い、うなだれてしまった。耳が真っ赤だ。ドンマイ。

そんなアレクをぐるりと取り囲んだ強者女性たちは、追撃の手を緩めない。

「初めっから素直に告白すればよかったんだよ。それなのにカッコつけてまずは友達になったとか言って、アホかと思ったわ」

「ぐっ……」

アレクが心臓を押さえて顔をテーブルに沈ませた。急所に入ったようだ。

でも……私は知っている。出会った頃は、アレクは簡単に告白できる立場ではなかった。それに私だってもし告白されてたら、アレクを信じることなどできなくなっただろう。大事なマリー様の婚約者のくせにふざけるな！　と。

結局、私たちにとっては今のこのタイミングが最速だったのだ。

「で、ミアさん、オーナーとお付き合いするんですか？」

結構グイグイ来る。でも、みんな、アレクのことを大事に思い、気にかけてくれてたと思えば憎めない。

「……うん。だから、このお店とも長い付き合いになりそう。よろしくね」

「きゃー！　ミアさんも照れちゃってかわいー！　みんなー今日はお祝いよ～！」

スプーン亭はあっという間に私たちへの温かな祝福で包まれた。でも……。

「ねえ、アレク、結局のところ、サーフォーゲン王国は国としてのマリー殿下の誘拐への関与を否定しているんでしょう？　フレスカ王女が勝手にヒグセプト教会に入れあげた、独断だと」

「うん、それを証明するかのように、サーフォーゲンは我が国よりも先だってヒグセプト教会を禁教としたよ」

「大本山であるヒグセプト王国も、我関せずなんだよね？　信徒が勝手に暴走しただけってスタンス？」

「そればかりか、『でも、聖女様がヒグセプトに移ることに関しては真っ当なことなので、歓迎いたします』って」

「はあ？」

思った以上に低い声が出た。そんな私にアレクが苦笑する。

「怒ってる怒ってる。ミアはマリー殿下のことになると途端に感情むき出しになるよね。ちょっと妬《や》けるな」

「なんか……ごめんなさい」

「いいよ。マリー殿下を守るために一生懸命なミアが好きなんだから。それに私はマリー殿下とミアが一緒にいる姿に癒されてる。ね、カール！」

「ワフ！」

「アレクは……寛大だね」

動物に変身したり、傷だらけだったり、マリー様に入れあげてたり、口が悪かったり、欠点だらけの私を好きと言ってくれるのは、この広い世界できっとアレクだけ。ドキドキと大きな音を鳴らす心臓を、そっと両手で押さえる。

「ミアほどじゃない。とにかく、臣下としても兄貴分としても、婚約者の主君としても、これからも私は全力でマリー殿下をお守りする。我が国の教会とも連携して」

私は大きく頷いた。結局問題は鎮静化しただけで、治癒魔法能力者のマリー様はこれからもあちこちから狙われ続けるのだ。特に聖女を欲しいとはっきり公言しているヒグセプトに。

「絶対にマリー殿下を国外になど出さない。誘拐なんてしようとやってきたやつは、私がギッタンギッタンにしてやるんだから」

「かっこいいね、私の婚約者は」

アレクが私をからかうなんて驚いた。これから付き合いが長くなれば、もっといろいろなアレクを発見できるだろう。楽しみだ。

そんなことを考えながら、ちょっと笑って、フルーツジュースを一口飲むと、後ろから厨房担当のナターシャに声をかけられた。

「大変お待たせいたしましたー」

そう言って目の前に出されたのは、『ご婚約おめでとうございます』というプレートを載せて、火のついた蠟燭の刺さったケーキだった。私は息を吞み、瞠目する。

「おい、もうさすがに入らないぞ?」

「オーナー、そんな情けないこと言って。『デザートは別腹』でしょう？　我々従業員からのお二人へのプレゼントです」

「なんだか派手な仕様のケーキだな。でも、みんなありがとう」

アレクはニッコリ笑ってそう言ったけれど、ちっとも派手じゃない。これは……かつての世界でありふれたケーキだ。

唖然としている私の耳元で、ナターシャが囁いた。

「【王都秘密クラブ】へようこそ、ミアさん」

……思った以上に身近にいたー！

人生驚きの連続だ。王都にやってくる前はただの裏方の護衛猫として、家族以外とは交流もない生涯になると思っていた。

でも想像に反して、尊敬できる主君が、冗談の言い合える友人が、【秘密クラブ】の同志が、そして価値観を共有する婚約者ができた。

たくさんの笑顔に囲まれて、慌ただしくも賑やかな日々を送ることになりそうだ。

「ミア、はい」

アレクに呼ばれて振り向けば、フォークに刺さったお祝いのケーキを一かけ口に入れられた。

「むぐっ！」

「ははは」

アレクが歯を見せて楽しそうに笑う。私は甘いケーキと、彼の横に座っていられる思いがけない幸運を噛みしめながら、この、一見堅そうだけれど、人情に厚く、弱き人々と護衛猫と犬を大事にしてくれるアレクをずっと支えていこうと誓った。

あ、ライオンだった。

あとがき

『王女殿下の護衛猫（偽）につき、あなたに正体は明かせません』の著者である小田《おだ》ヒロ先生が、二〇二四年六月四日にご逝去されました。
謹んでお悔やみ申し上げます。

今作は、小田ヒロ先生が弊社から初めて刊行する書き下ろし作品として、生前にご執筆いただいたものです。
ご遺族の皆様のご協力のもと、イラストレーターのあとのすけ先生にご尽力いただき、このたび遺作として刊行する運びとなりました。

哀悼の意を表すとともに、小田ヒロ先生のご冥福を心よりお祈り申し上げます。
そして先生の作品がこれからも読者様に愛され、読み継がれていくことを願います。

二〇二四年秋

株式会社Ｊパブリッシング
フェアリーキス編集部

あなたを愛することはない？
それは私の台詞です!!
Saki Tsukigami
月神サキ
Illustration
まろ
フェアリーキス
NOW ON SALE
「仲良し夫婦、全力で演じてやろうじゃない」
「それは頼もしい」
名門エスメラルダ公爵家とロードナイト公爵家は長年いがみ合う犬猿の仲。なのにエスメラルダ家の令嬢・ステラは国命でロードナイト家のアーノルドと結婚することに！　断固拒否したいが忠誠を誓う陛下の期待に応えないのは公爵家の恥！　毒舌合戦をしながら表向きは仲良し夫婦を演じ、裏で離婚を狙って浮気するよう仕向けるがうまくいかない。ところが仲違いの原因である100年前の婚約破棄事件の真相を追っていくうちに気持ちに変化が表れて!?
フェアリーキス ピュア
fairy kiss
Jパブリッシング　https://www.j-publishing.co.jp/fairykiss/　定価：1430円（税込）

召喚ミスから始まる
後宮スパイ生活
冷酷上司の過保護はご無用です
柊 一葉
Ichiha Hiiragi
Illustration 凪かすみ
これはお仕事なので、
溺愛には及びません
フェアリーキス
NOW ON SALE
後宮妃の采華《サイカ》は下級妃の中でも最下位。一度も会えない皇帝に業を煮やして召喚術を使うが、なぜか現れたのは皇帝の側近で非情な粛清者・仁蘭《ジンラン》で!? 償いとして『消えた女官捜し』を命じられ、新米女官に偽装して潜入活動をするはめに。伏魔殿たる後宮で采華は持ち前の逞しさを発揮するが――「おまえは目を離すとすぐに何か起こす!」「すみません!」トラブル続きで仁蘭を振り回しまくり。でもそれが彼の過保護スイッチを押してしまったようで!?
フェアリーキス
ピュア
fairy kiss

落ちこぼれ
花嫁王女の婚前逃亡
Ema Okadachi
岡達英茉
Illustration m/g
フェアリーキス
NOW ON SALE
溺愛はこっそりでお願いします！
偉大なる聖王国の第二王女であるにもかかわらず魔力を持たないために、王家の恥さらしと虐められてきたリーナ。戦争終結の証として厄介払い同然に元敵国の王太子ヴァリオのもとへ嫁ぐことに。しかし、冷たいと思っていたヴァリオは、実はリーナが以前新年祭を一人ぼっちで過ごしていたときに出会い、淡い思いを寄せた青年だった！　技術大国の王太子妃として、また両国の友好のために尽くそうとするが、リーナを羨む聖王家が陰謀を企て始め!?
フェアリーキス ピュア
fairy kiss
Jパブリッシング　https://www.j-publishing.co.jp/fairykiss/　定価：1430円（税込）

さようなら、
市井に
隠れて生きる
ことにしたので
捜さない
でください
旦那様。
Sou Aoma
蒼磨 奏
Illustration
氷堂れん
フェアリーキス
NOW ON SALE
妻の献身 × 夫の後悔
皇太子暗殺未遂事件で負傷した護衛官の夫・楊睿を手厚く看病し、それを思い出に離縁した美雨。冷たい態度で顔も合わせない夫婦生活に傷つき、都から姿をくらまし名を変えて市井に生きる決意をしたのだ。ところが妻の献身を知った楊睿は激しく後悔し捜し出そうとする。美雨は月の女神・嫦娥から授かった先視の異能を持っていて、そのため彼女の身に危険が迫っていた。楊睿は辺境の地で働く美雨に本人と気づかずに惹かれ、二人は交流を深めていくが──。
フェアリーキス
ピュア
fairy kiss
Jパブリッシング　https://www.j-publishing.co.jp/fairykiss/　定価：1430 円（税込）

人質として嫁ぎましたが、
この国でも見捨てられそうです
鬼頭香月
Illustration 鈴ノ助
フェアリーキス
NOW ON SALE
君を守るために離縁を選ぶ
従属国の証として大帝国の皇太子アランのもとへ嫁ぐことになったマリエットとアニエス。虐待を受けながらも心優しい王女に育ったマリエットは側妃として、一方、創生主の神子と崇められて育った気位の高いアニエスは正妃として。しばらくは白い結婚という形だが、美しい心を持つマリエットにアランは引かれ愛し合うようになる。しかしアニエスは彼女が稀有な魔力を持ち秘密にしていることを知り、自分の力だと偽り利用しようと企んで!?
フェアリーキス
ピュア
fairy kiss

王女殿下の護衛猫（偽）につき、あなたに正体は明かせません

著者　小田ヒロ
イラストレーター　あとのすけ

2024年12月5日　初版発行

発行人　藤居幸嗣

発行所　株式会社 J パブリッシング
〒102-0073　東京都千代田区九段北3-2-5 5F
TEL 03-3288-7907　FAX 03-3288-7880

製版所　株式会社サンシン企画

印刷所　中央精版印刷株式会社

ISBN：978-4-86669-724-6
Printed in JAPAN